狗神、藤&茜
「狗神の花嫁」

狗神の花嫁

樋口美沙緒

キャラ文庫

この作品はフィクションです。
実在の人物・団体・事件などにはいっさい関係ありません。

目次

口絵・本文イラスト／高星麻子

激しい雪が、ごうごうと降っていた。里の雑木林を越え、ブナの林をぬけて、十歳の比呂《ひろ》がたどりついたのは、鬱蒼《うっそう》とした深山の森だった。

吹きすさぶ吹雪《ふぶき》が山の緑を覆い隠し、一メートル先も見えないほどだった。

その雪の中、比呂は父親に抱かれて、うずくまっていた。さっきまで温かかったはずの父の体は冷えきり、比呂の体も凍って、もう一歩も動けなかった。辺りは日も落ちたというのに、雪の白さで不思議と明るく、それがいっそう不気味だった。

――奥山は、狗神《いぬがみ》様の御領だよ、だから入ったらいけない。

里で待っているだろう、祖母の忠告が、比呂の耳に聞こえてくる。

山の奥は里を守る狗神様の神域。神様の土地だから、人が侵してはならぬ場所だ。決まりを破ったら、さらわれてしまうぞ――というのは、里の子どもなら誰もが耳にする古い訓話だった。狗神様の名前を当てなければ、里には帰してもらえないのだ……とも。

それなのに、言いつけを破って奥山へ入ったのは比呂だった。そうして、比呂を探しにやって来た父と一緒に、雪の中、帰れなくなってしまった。

(お父さん。お父さん。起きて。起きて……)

比呂は父を呼びたいのだが、寒さのせいで喉《のど》まで凍り、声が出せない。さっきまで、比呂に

「寝ちゃダメだぞ、比呂、寝ちゃダメだ」と声をかけていたはずの父は、今ではもうぴくりとも動かず、ぐったりと眼を閉じている。

（お父さんが死んじゃう……）

そればかりが、比呂の頭の中に浮かんでいた。けれど比呂もまた強い眠気に襲われ、体の感覚がなくなりはじめている。

どのくらい経ったのか、ふと、雪が小やみになった。

見ると、どこまでも続く真っ白な野に、白い塔のような木々が生え、その向こうには、黒曜石のような深い闇が広がっていた。

比呂はうとうとしながら、その闇の中に銀色の玉が浮かびあがるのを見た。銀の玉は狐火のようにゆらゆらと光り、比呂のほうへ近づいてくる。

不思議な光景だった。辺り一面シンとして、あんまり静かなので、その沈黙さえ音になって、比呂の耳に聞こえてくるようだった。

やがて比呂は、近づいてくる銀の玉が、小山のように大きな狼《おおかみ》であることに気がついた。銀は、狼の毛の色だった。それはふさふさとした豊かな毛で、一本一本が月光のように輝いている。狼には長い尾が九つあり、金色の瞳が銀毛の中で星のように光っていた。

おかしなことに、雪は狼に踏まれても舞い上がりもしなければ、くぼみもしない。九つの尾を優美に揺らし、狼は静かに、音もたてず足音も残さずに歩いてくる。そして、比呂の前でぴたりと立ち止まった。

比呂の小さな心臓が突然、どくんと音をたてた。

寒さではなく、恐怖で体が震えたのだ。言葉にできない畏《おそ》れが、比呂の腹の底から湧《わ》き上がってくる。それはまるで、ぐらぐらと揺れている吊《つ》り橋の上から、深くえぐれた川底を覗《のぞ》き込むような怖さだった。けれど同時に、狼の姿から、眼を逸《そ》らすこともできなかった。

（きれい……）

と、思ったのだ。闇夜に浮かぶ月、明け方の金星、日に照る白雪、真珠の色、そのどれをあわせても足りないほど、眼の前の狼は美しく、幼い比呂には分からなかったが、魂が震えるような感じがした。こんなに美しく、こんなに不思議ないきものを、見たことがなかった。そしてこんなに恐ろしいものも――。

やがて狼は、星のような眼を細め、鼻先を父親に向けた。その時、比呂はどうしてだか分からないけれど、この恐ろしくも美しい狼がなにをしようとしているのか、分かった。狼は、父を連れ去ろうとしている。

――待って。お父さんの魂はとらないで。

大声で叫んだつもりだったけれど、実際には声が出ていたかもよく分からない。凍った喉は動かず、意識はまだぼうっとして、すべてが夢の中のことのようだった。

――俺の魂をとっていいから……お父さんは助けて。

父は悪くないのだ。言いつけを破って奥山に入り込んだのは、自分だ。

……ならん、と、頭の奥に声が聞こえた。

それは静かだが、山鳴りのように太く、厳《おごそ》かで、心が震えるほど澄んで美しい声だった。

『お前の父は死なせねばならない。だがお前はまだ生きていて、幼い。お前は助けてやろう』

そのかわり、と狼は続けた。

『お前が二十歳になったら、迎えに行く』

——二十歳になったら？

『そうだ。約束の印に、私の真名《まな》を教えてやる。私は……』

狼は比呂の左手のひらに、そっと息を吹きかけてくる。それは氷のように冷たく、鬱蒼と生い茂る森の匂《にお》いがする呼気だ。やがて比呂の手のひらには、小さな、青い痣《あざ》が浮かび上がった。

樹木の葉のような痣……。

比呂を抱いている父の体から、青白い光の玉がすうっと立ち上り、仰向《あおむ》いた狼が、ぱっくりと口を開けた。赤い舌がその玉をとらえると、狼が、父の魂を呑《の》み込むのが見えた——。

不意に、強い眠気に襲われて、比呂は眼を閉じた。睫毛《まつげ》に溜《た》まっていた涙がつうっと頰《ほお》を伝い落ちる。父の体の重みが、肩から消えていく。父は雪の中に倒れ、死んでしまった……。

死んでしまったのだ。比呂のせいで。狗神に魂を食われて。

いつしかまた、雪が降り始めたらしい。意識の向こうで、ごうごうと鳴る吹雪の音がした。

比呂は深い眠りの底へ引きずり込まれるようにして、気を失った。
十歳の、ある、冬の日の記憶だ。

一

「というわけだから、今日で辞めてもらえないかな」

アルバイト先のコンビニエンスストアの店長から、鳥野比呂《とりのひろ》がそう言われたのは、二十歳の誕生日を翌日に控えた昼のことだった。

十月下旬、この地方は寒く、外にはどんよりと重たい雲がかかっていた。昼シフトから準夜勤まで勤めるはずだった比呂は、出勤早々の従業員控え室で、ムッとなって眉《まゆ》を寄せていた。

「昨日のことでしたら、俺は間違ってません」

比呂は十九歳で、身長は平均並み。明るい地毛に細身で、顔も愛嬌《あいきょう》があり、まだ幾分幼さが残っているから、笑うと高校生のように見られる。けれど声はハキハキとしているので、言い切ると語気が強くなる。そのせいか、店長にはあからさまに嫌な顔をされた。かといって、それで引っ込む比呂ではない。

「昨日も話しましたけど、墨田《すみだ》さん、店の商品を万引きしてたんですよ」

「あー、もう、きみが正義漢なのは分かったから」

事務机に座ったまま、遅めの昼ご飯に廃棄予定の弁当を食べている店長に、イライラした声をあげられて、比呂はムカついた。

(俺は間違ってない、墨田がオーナーの息子だろうがなんだろうが、万引きしていい理由にはならないだろっ)

本当はそう叫びたい。けれど比呂ももうすぐ二十歳。一応は大人の分別で抑えていた。

「あのね、墨田クン家《ち》がどういう家か、鳥野クンだって知ってるでしょぉ?」

墨田と言えば、県下きっての大地主、不動産と建築会社を経営し、そのうえ当主は代々県会議員を務める家の名前だ。この県内に知らない人などいない。

「もうちょっと上手《うま》くやってくれないと」

けれど店長がため息まじりに付け足した一言に、比呂の大人の分別は脆《もろ》くも崩れ去った。

「店長がビビって言わないから、俺が言ったんじゃないですか」

「うるさいな!　きみのかわりなんてたくさんいるの。きみがいなくても店は回るんだから」

これ以上話したくないらしい、店長に背を向けられ、比呂は唇を噛《か》んで押し黙った。

理不尽なことをされた悔しさでいっぱいだったが、こういう時なにを言っても取り返しがつかないことを、比呂もそれなりに学んでいた。

控え室を出ると、今年二十三歳になる『墨田』が、レジカウンターからニヤニヤした顔で比呂を見ていた。

「よ、今までゴクローさん、ヒーローくん」

墨田の声を、比呂は無視した。相手の胸倉を摑《つか》み、締まりの悪いニヤケ顔に向かって「このドラ息子！」とでも言ってやりたい。やりたいが、そんなことをすれば自分だって「ドラ息子」と同じレベルに下がりそうだ。なにより里の祖母を悲しませると思うと、比呂は我慢するしかなく、店の外へ出た。

（だけど、くそ、俺は間違ってない）

冷たい風がぴゅうっと吹いてきて、頬を打つ。駐車してある原付自転車のシートを開けてヘルメットを取り出すと、奥に、専門学校受験の参考書が見えて、思わずため息が出る。怒りが薄れ、かわりに落ち込みと疲れが、細い肩にのしかかってきた。

また、アルバイト先を探さなければならない。学校に行くには金が必要だし、生活するにも金が必要。比呂が住んでいる山奥の里村から、少しでも仕事のある町中へ出てくるには、ガソリン代だってバカにならない。一緒に暮らしている祖母の年金収入など、もちろんだがまったくもって足りていない――。

「ヒーローくん」

と、店のほうから追いかけてきたらしい墨田が、どしん、と比呂の背にのしかかってくる。

「なあ、店長にとりなしてやろうか」と言われて比呂はじろりと墨田を振り向いた。

「お前ン家の土地さ、俺に売るって約束してよ。そしたらここのバイト続けさせてやるから」

墨田の口からは、煙草《たばこ》の臭いがぷうんと漂ってくる。墨田は一度もまともに働いたことがないそうで、体は大きいが顔は締まりがなく目つきが悪い、いかにもヤンキーの風貌《ふうぼう》だった。

三ヶ月前、オーナーである墨田の父親から「勉強させてやってくれ」という名目でこのコンビニエンスストアに入れられたものの、当の墨田は初めからやる気がなく、父親の経営する会社に行きたがっていて、いつしか比呂に土地を売れ、と迫るようになっていた。

だからこの時も、そうか、と比呂は思った。何度言われてもはねつける比呂が気に入らず、墨田は比呂を辞めさせたのだ――。けれど、誰がお前の手土産《てみやげ》なんか作ってやるか、と思う。気がつくと頭に血が上って、比呂は墨田の足の甲を思い切り、踏みつけていた。

「いてーっ!」

墨田が真っ赤になって飛び退《すさ》った隙に、比呂はヘルメットを被《かぶ》り、原付自転車にまたがる。エンジンをかけて道路に出る瞬間、「てめえ、覚えてろよ」という声が背後に聞こえた。

(俺みたいに……なんにも持ってない子どもは、いっつもバカにされるんだ)

車のいない道路に走り出たとたん、胸の中にもやもやとしたものが溢《あふ》れてきて、悔しかった。

――きみのかわりなんてたくさんいるの。きみがいなくても店は回るんだから。

店長の言葉が、胸に刺さるように響いてくる。

(そんなこと、俺のほうが知ってる)

自分がいなくても、世界は回る。諦《あきら》めでもなく、ひがみでもなく。十歳で父親を失ってからの比呂の人生の中で、その事実はいく重にも積み上げられてきたものだった。

まっすぐでバカ正直、率直だが、ある意味では要領が悪い。

友人たちからは、いつも「もうちょっと上手くやれよ」と言われる。比呂という名前のせいか、その正直さゆえか、ヒーローくんと呼ばれたりもする。けれど比呂はただ、自分の人生を真面目に生きているだけだった。

比呂の住まう県は、日本の中でも特に山がちな場所だという。その中で最も山深い地域で、比呂は育てられた。

父は十年前まで、県下の役所で働いている公務員だった。生まれてすぐ母親を亡くした比呂のため、町中から祖母を頼って奥地の里村へと引っ越したものの、通勤時間は車で片道一時間。当時働き盛りなこともあって、家には不在がちで、比呂は祖母を親のようにして育った。

里村は寂《さび》れていて、子どもは一人もいなかったけれど、山一つ越えて通っていた小学校には総勢二十人ほどがいて、子ども同士上も下もなく仲良くなった。

田舎暮らしと、おおらかな祖母の育て方のおかげで、比呂は基本的には友人に恵まれた。だが、理不尽なことに対しては、ついつい口の出るバカ正直さのせいで、ケンカもよくした。

隣町まで通った中学と高校では、田舎もんとバカにされては取っ組み合いになったし、思えば、墨田の「ドラ息子」とのもめ事も、比呂が我慢できなかったせいだ。

十年前に父を亡くし、家にはまともな働き手がいないから、祖母と比呂の生活には金がない。比呂は高校卒業後、進学せずにアルバイトを始めた。山中から通える距離にまともな就職口はなかったので、いつかは学校に通い、資格をとって、ちゃんと就職するつもりだった。育ててくれた祖母に、楽をさせてやりたい。だが二十歳になっても、その見通しはたっていない。

コンビニエンスストアには、今日までで八ヶ月勤めた。働き始めた時からこまめに頑張り、半年目からは商品の受発注も担当するようになった。新人のアルバイトとして墨田が入ってきたのは、そんな折だ。

この店の店長は雇われで、オーナーは別にいる。墨田はオーナーの息子だったが、不真面目なので比呂は小言を言わない日がなく、口うるさいと疎まれるようになった。

そのうえここ一ヶ月の間に、墨田は比呂の祖母がある土地の持ち主だと聞きつけたらしい。手土産を持っていけば父親の会社に入れてもらえるだろうと算段して、たびたび「土地を売れ」と脅《おど》してくるようにもなったが、比呂は取り合わないでいた。

そんな墨田が、店のものをレジを通さずに持ち出していると気がついたのは、つい先週のことだった。雑誌だったり菓子だったり、一つ一つは他愛ないものだったが、すべて合わせると結構な額になる。ある時、現場を押さえて注意し、もちろん店長にも報告したけれど、店長には「面倒ごとはよしてくれよ」と言われてしまった。

(でもそんなの、おかしくないか？　墨田がオーナーの息子でも、悪いことは悪いだろ)

小学生でも知っていることだ。結局、再度現場を押さえた昨夜——墨田と大げんかになった。客の前で、「二十三にもなって、父親の店で万引きなんかして、恥ずかしくないのかよ！」と怒鳴った比呂に、墨田は面目をつぶされたと、カンカンになった。

墨田から告げ口された店長が、オーナーである墨田の父親に知られることを恐れて、臆病にも先回りして比呂を辞めさせた——。これが事の顛末《てんまつ》だ。

自分は間違っていない、当然のことをしただけ、と思いながらも、世の中の理不尽を前に、比呂はいつも自分の小ささを感じる。もっと自分が大人なら、もっと力があれば、とありもしない「たら、れば」を考えて、比呂はため息をついた。

(ばあちゃんに、クビになったことなんて言おう……)

信号待ちで停まると、山の向こうからちらほらと雪が落ちてきた。今年の初雪は早いらしい。山の尾根の先端は、低く下りた雲の中だった。

ふと、比呂の耳に——二十歳になったら、という言葉が聞こえてきたような気がした。とたん背筋がぞくりと寒くなり、いわれのない不安が湧いてくる。

なんとなく、着けていたグローブを持ち上げ、そっと左手のひらを見る。そこには、小さな葉形の痣があった。十年前、迷い込んだ雪山で狼の神にこの印をつけられたのだ——。

(……いや、あれは夢だ)

信号が青に変わった。不安な心を振り払うように、比呂は原付自転車のアクセルを回した。

里に帰ると、舗装されていない道がぬかるんでいたので、比呂は原付自転車を降りて、押しながら家まで戻ることにした。

ちらつく小雪の中、あちこちでブルドーザーが動いている。人が住まなくなって寂れてしまった家々と一緒に、「〇〇ホテル建設予定地」だとか、「××飲食店建設予定地」だとかの看板が、いくつも立っており、住人はいないが、作業服を着た人間は里中に散らばっている。

里の中央には小高くなった丘があり、その丘は緑に覆われてこんもりとしていた。頂には大きな楠《くすのき》が見え、緑の傘が広がっているが、これが千年前から里にあるという狗神神社だった。比呂はいつもの習いで、楠が見えると心の中で（ただいま）と挨拶《あいさつ》をした。

境内へ続く階段下には木造の平屋があり、そこが比呂の住まいだった。比呂の家は代々、この狗神神社の地主でもある。

（家に帰る前に、お参りしようかな……）

比呂がそう思い立ったのは、これから祖母に、アルバイトをクビになったことを話さねばならないからだった。話す勇気がほしい。そのためにお参りしようと思った。

原付自転車を停め、境内へあがっていくと途中から視界にご神木の楠が映る。本殿がないこの神社では、参拝というとこの木に祈るのが普通だった。

大人が十人がかりでなければ届かないほど太い樹幹に、しめ縄が巻かれ、ちらつく雪の中で、大楠は静かに梢《こずえ》を揺らしている。昔から、この木は大楠様と呼ばれて里人に親しまれてきた。顔をあげると、楠の上だけはぽっかりと雪雲が開いており、真っ白な昼の月が見えていた。それは大きな満月だ。

境内にあがりきって鳥居をくぐったところで、比呂は足を止めた。楠の前に、祖母が立っていた。

紬《つむぎ》の着物の上に、綿入れを羽織り、楠に手を合わせて静かに祈っている祖母の姿に、比呂は一瞬声をかけるのも忘れてしまう。朝な夕な、日に二度はお参りをし、毎日境内を掃き清めている祖母だ。無心に祈っている姿には不純なものがまるでなく、比呂はなぜだかいつも、祖母の祈る姿を見ると、その無心さに胸が洗われる気がする。

「……ばあちゃん。なにしてんだよ、風邪ひいてるのに」

けれど祖母の体調を思い出し、比呂は駆け寄った。比呂に気づいた祖母が振り返り、「お帰り」と微笑《ほほえ》んでくれた。

「あんたも、お参りかね」

問われて、「うん、まあ……」と比呂は口の中でもごもご言う。祖母にクビになったことを話さなければ、という緊張感が蘇《よみがえ》ってきた。大楠に手を合わせながらも、そのことで気が散

っている比呂の内心を察したように、祖母が、

「なんかあったかね。あんたはなにかで困ると、ここに来るからねえ」

と、言う。図星を指され、比呂は思わず、合わせていた手を下げた。祖母のほうは眼を細め、大楠を眩《まぶ》しいように見つめている。比呂も祖母に倣《なら》って、大きく枝を広げた楠を眺める。

ここで育ってきたから、比呂の生活の中には当然のようにこの狗神神社があった。どうしてだか分からないけれど、比呂は昔から、なにか気持ちが落ち込むと楠を見に来てしまう。

十年前父が死んでからは、狗神に対しての感情は畏れと不安の入り交じった複雑なものになってはいるけれど、それでもこの楠を前にすると誰かが言葉を聞いてくれているような、そんな気がするせいかもしれない。

「あんた、覚えとるかね。この神社の成り立ち。ばあちゃんが話してやったろ?」

訊《き》かれて、比呂は「もちろん」と頷《うなず》いた。

狗神の伝承は、耳にタコができるほど聞かされていた。

狗神とは、ご神木であるこの大楠の、木の股から生まれた狼だという。狼は里山一帯の主《ぬし》だったが、里人の遠い先祖がその主にお願いして、住む場所を与えてもらった。そのかわり狼を祀《まつ》り、神社をたてた、というのが、狗神神社の始まりだった。

「月白しように麗《うるわ》しく、楠葉はまほし、八尋《やひろ》になりし、楠月白の和魂《にぎみたま》の神……楠月白の、狗の神……」

独り言のように、祖母が狗神を讃える詞を唱えた。昔から何度か耳にしているけれど、比呂には覚えられない長い詞だ。五十年前までは奉納の祭で詠《よ》み上げられていた祝詞《のりと》だという。若い頃の祖母は、巫女《みこ》としてこの詞を捧げたのだとも、聞いたことがある。

「ばあちゃん、ごめん」

思い切って謝ると、祖母から「なにがだね」と訊かれた。比呂は一瞬迷い、それから一息に言った。

「俺、バイト、クビにされちゃった。ごめん……」

決死の思いで告白したものの、祖母は顔色一つ、変えなかった。「そうかね」と頷き、

「あんた、間違ったことしたのかい」

ただ、それだけを訊いてくる。昔から、祖母はこうだった。比呂が誰かとケンカをしたり、学校から呼び出されたりした時も、ただ、それを訊いてくるだけだった。

比呂は考え、けれど、とりあえず間違っていないかな、と思って、首を横に振った。やっぱり墨田の万引きは許せることではない。

「じゃ、しゃんとしてな。あんたが自分に恥じないように生きてんなら、ばあちゃんはそれを信じてる」

どうして――祖母は、信じてくれるのだろう。不甲斐《ふがい》ない自分を責めようとしない祖母に、胸が熱く、痛くなった。

「……でも、分かんないよ、ばあちゃん。俺バカだから、時々間違うかも。あとで、自分が悪かったって気づくこともあるし、駄目なところもいっぱいある」

呟《つぶや》くと、祖母は「そんなこと、大したことじゃないだろ」と言う。

「それならそれで、また頑張るだけだいね」

祖母の言葉はシンプルだったけれど、比呂の中にしんと響くようだった。また頑張るだけ。辛《つら》いことや落ち込むこと、後悔することだらけでも、また頑張るしかない。そしてとりあえずまた生きていけば、なにか出口はあるはず。希望も見えてくるはず。

（元気、出そう。希望を、持とう。頑張ってみよう）

比呂はそう思った。落ち込んだままの自分より、少しでも前向きでいる自分のほうが、まだ好きになれる。自己憐憫《れんびん》より、自己満足のほうがいい。

決めると落ち込んでいた気持ちが晴れていった。

二人並んで境内から家へ戻る道々、祖母に、

「あんた、明日の誕生日、ケーキいるだろ」

と訊かれて、比呂は驚いた。自分の誕生日になにかしてもらうことなど、頭から飛んでいた。

「いいよ。明日も雪だろうし。俺ももう子どもじゃないからさ」

祖母の気持ちは嬉《うれ》しいが、この雪では、足が比呂の原付自転車しかないこの家から、町のケーキ屋まで行くのは大変だろう。バス停までは徒歩で一時間かかるし、本数も少ない。けれど

祖母は譲らなかった。

「なに言っとるだ。二十歳の誕生日は特別だいね。明日一緒に買いに行こう。ばあちゃんは風邪治しちまうから」

それだけ言って、祖母は階段へ歩いていく。比呂の中に、くすぐったい気持ちが残る。

ありがとう、と胸の中だけで思って、比呂は「ばあちゃん、俺の手に掴まって！」と、弾んだ声を出し、階段を下りる祖母を支えるように、その腕をとったのだった。

「あ、鳥野さん。お帰りですか、会えてよかった」

境内から家の前まで来た比呂は、思わず、顔をしかめてしまった。会いたくない人物が二人、玄関先で待っていたのだ。

スーツ姿の男たち。横手には、『スミダ不動産』という社名の入った車が一台、停まっている。比呂は「またか」という気持ちになった。

「勝手に来ないでください。今日はばあちゃんが風邪をひいてるから、帰ってくれますか」

きつい調子で言ったが、彼らはニコニコし、「せっかく来たんですから」と譲らない。

「鳥野さん、そろそろ首を縦に振ってくれませんか。ここに暮らしてるのは、もうおたくだけなんですから。土地と家屋を手放したほうが賢明ですよ」

のっけからずけずけと言ってくる男に、祖母が「それでしたら」と落ち着いた声で対応した。

「私は、そちらが神社を残すと約束してくれるなら売ると言ってます」

「でも、それは開発計画に入ってないんですよ。上にも取り合われませんって」

もう一人の男が、一度もかけあったことなどないくせに、もっともらしく言った。

「一度くらい、上に交渉してから来いよ！」

比呂はつい、声を張り上げていた。風邪をひいている祖母を、寒い戸外に置いておきたくないし、こんな話を続けさせたくもない。口を挟《はさ》むと、彼らは一様に「子どもが、口を出すな」という眼をした。こういう時、比呂の中には怒りと一緒に、やりきれない無力感が湧いてくる。

「比呂、お客さんに、そう大きな声を出すもんじゃないよ」

祖母に注意されて黙ったものの、比呂は内心面白くなかった。

スーツ姿の男二人は、ここ一年ほど、しょっちゅう家にやって来る面子《メンツ》で、来るたび聞こえのいい言葉で土地を売るよう懐柔してくるのだった。

というのも、この里と山一帯が大手企業によって買収され、スキー場とゴルフ施設になることが決まっているからだ。山の麓《ふもと》である里には大きなアウトレットモールが建設されるという。

買収が始まったのはもう二十年も前のことで、里の人間も初めは反対していたが、長年ここで暮らしていた老人たちが亡くなると、立ち退き料と市内のマンションで手を打つ者が増え、今では、里に残っているのは比呂と祖母の二人だけだった。

けれど祖母はまだ土地を手放していない。なぜなら、祖母の持つ土地には狗神神社が含まれているからだった。祖母は再三、神社をそっくり残してくれと談判しており、企業側はそれを拒んでいる。そのためいつまで経っても話が進まず、業者はそんな祖母に圧力をかけるように今年の夏頃から工事を始めた。

ちなみに、オーナー企業との間で土地買収の媒《なかだち》や建築の元請けをしているのが、なんの因果か「ドラ息子」墨田の父親の会社だった。

「あのねえ、鳥野さん。こんな、信仰する人間もいない神社、残してなんになります？　御利益もなさそうな、いるかいないかも分からない神様なんて……」

「狗神神社は、私が守るべきところです。それから、狗神様はいらっしゃいますよ」

祖母がぴしゃりと言い切った。祖母はいつもこうだ。二人の男は小馬鹿にしたように首を振る。

なのに、祖母の信心は篤く、ぶれることがない。狗神の存在には、比呂でさえ半信半疑なのに、祖母の信心は篤く、ぶれることがない。

「じゃあとりあえず、これだけでも渡しておきます。ここならすぐ、入居できますから。あとね、あんまり強情だと、こっちも考えがありますよ」

男が祖母に渡したチラシは、完全看護の老人ホームの入居募集要項だった。それを見たとたん、比呂の頭の中にカッと火がついたように、腹立ちがこみあげてきた。

「帰れよ！　こっちの条件を飲んでくれない限り、話し合うことなんかないからな！」

気がつくとそう啖呵《たんか》を切り、男の肩を押していた。大人の男の体は、それだけでは大して揺らがない。ニヤニヤと見下ろされて、比呂は悔しかった。なんの力もない自分を、見透かされているように思えて。

車が去っていっても、その悔しさは去らず、俺がもっと大人だったら、もっと稼ぎがあったら、と、そんな考えが胸の奥に湧いてくる。もう何度も何度も、父が死んでから、とりわけ土地買収の圧力が激しくなってから、繰り返し思ったことを、益体《やくたい》もなく、また思ってしまう。

「ばあちゃん、ごめん」

情けなさに耐えられなくなって言うと、祖母は「なにがだね」と平然とした様子で、玄関の扉を開けた。

「そんなことより、あんたは納屋から灯油をとってきて。うちの男手はあんただけなんだから、きびきび働いてもらわんと」

比呂の弱気を吹き飛ばすように、祖母はぽん、と尻《しり》を叩《たた》いてきた。比呂は気を取り直し「了解！」となるべく元気よく言った。ついさっき、楠の前で自己憐憫はやめようと思ったばかりだ。祖母が家に入っていったので、比呂は納屋から灯油をとってくる前に、郵便ポストを覗く。すると一通だけ、手紙が入っていた。祖母宛てで、差出人の名前は『尾瀬《おぜ》一郎《いちろう》』。住所は県下の国立大学の住所だ。

（なんだろう、これ？）

不思議に思って首を傾《かし》げたものの、上着のポケットにねじこむと、比呂はもうその手紙のことを忘れてしまった。

――奥山は、狗神様の御領だよ、だから入ったらいけない。狗神様を怒らせたら、魂をとられるだね……。

それは比呂が幼い頃、よく祖母に言われた言葉だった。

十年前、雪山で遭難し山奥で気を失ったはずの比呂が、生きて発見されたのは、狗神神社のご神木、大楠様の根元だったという。まるで楠に抱かれるようにして眠っていたのだと、祖母から聞かされた。

けれど近くに父の姿はなかったそうで、どれだけ捜しても結局遺体さえ見つからなかった。比呂は、神様の住んでいる場所まで入ってしまい、父だけが魂をとられたのだと主張した。

狗神は千年もの長い年月、里人に祀られてきた神様だ。昔は年に一度、華やかな祭があり、里の娘から巫女が選ばれて奉納もあったらしい。

けれど、五十年ほど前、里からはごっそりと人が移住して過疎化が進み、その祭も行われなくなった。神社は寂れ、長年、祖母だけが熱心にお参りをしたり掃除をしたりしていた。

比呂が狗神に会ったという主張は、もちろん誰にも本気にされず、比呂もだんだん狗神の話をしなくなった。周りから否定され続けていると、自分が見たのはただの妄想で、もしかしたら父を見殺しにした罪悪感から、勝手に幻想を作り上げたのではと、思うようにさえなった。

——自分は、父を見捨てた悪い子どもなのかもしれない。

……どちらにしろ、父は自分のせいで死んだのだ。

『おいで。おいでや。ばあちゃんには分かる、比呂は嘘をついてない』

けれど祖母だけはそう言って、比呂を慰めてくれた。古い家のストーブの前で、比呂は祖母の膝《ひざ》にすがって泣いた。外ではごうごうと雪が鳴り、家の屋根や壁が震えていた。

『ばあちゃん、狗神様は、どうしてお父さんを殺したの……?』

『狗神様はひどいことはなさらないよ。お前だけでもお返しくだすった、優しい神様だ』

祖母はそう言って比呂を、抱きしめてくれた。

『……比呂が生きててくれて、よかった。比呂はいい子だ。ばあちゃんは比呂の言うことも、狗神様も、信じているよ』

——本当? ばあちゃん、俺、いい子? 生きててもよかったの……。

祖母だけは、自分が帰ってきたことを喜んでくれている。祖母の手が頭を撫《な》でてくれるのを感じながら、比呂はよかったと思った。

——ばあちゃんが、俺を好きでいてくれて、よかった……。

あれから十年が経った。祖母が望むなら、望むだけこの里にいようと比呂は決めていた。せめて祖母が亡くなるまで。その後のことは、まだ考えられないでいる。

（でも実際、ここでの暮らし、いつまで続けられるんだろ——）

屋外タンクから灯油をポリ容器に移した比呂は、納屋の外へ出たとたん、思わず考えてしまう。比呂の家はやや高台にあるから、里の様子はよく見える。ブルドーザーやクレーン車が動くばかりの、廃村同然の集落。狗神神社の信者など、不動産業者の男が言うように、たしかにもう、いないのだ。里の人間は誰も神社のことを思い出さない。

車を持っていない比呂では、祖母を病院に連れて行くのもひと苦労だ。お金がほしいし、車がほしいし、祖母を守れる環境がほしい。祖母は弱みは見せないけれど、この頃風邪で寝込むことが増えていて、そのたび比呂も不安になる。

ふと、境内のほうから不審な音が聞こえてきて、比呂は耳をそばだてた。一瞬静かになったと思ったら、突然、物を壊すような大きな音がし、比呂はポリ容器を置いて、慌てて境内へ向かった。

階段を駆け上り、音がしたほうへ走っていって、思わず息を呑んだ。神社の杜《もり》の中にあった、小さな木造の祠《ほこら》が、槌《つち》で叩かれて壊されていた——。もともと古い祠だっただけに、土台が弱っていて、壊すのは簡単だったのだろう。走りこむのと同時に誰かの足音も聞こえ、頭にカッと血が上った。

と、今度はシンと静まりかえった境内から、斧《おの》の音がする。音は二、三度でやんだけれど、比呂が駆けつけた時には、もう『犯人』は逃げたあとで、階段を下りていく足音と笑い声だけが聞こえた。見ると、ご神木の楠に傷がつき、その根元に斧が落ちていた。

とたん、頭の奥が冷たくなるようなショックに、襲われた。長年親しんできた大楠を、傷つけられた怒りと悔しさ。

（なんでこんなひどいこと、できるんだよ……）

まるで自分が打たれたように感じた。階段のところまで走ってみたが、もう誰もおらず、結局誰がやったかは分からなかった。

戻ると、楠の根元に一枚の紙切れが落ちており、『早く出て行け！』と、殴り書きされていた。この一帯を工事している連中の悪ふざけか、スミダ不動産の関係者か、とにかく嫌がらせであることは間違いない。

その時、空を覆っていた暗雲が、突然分厚くなり、ごろごろと雷の鳴る音が聞こえてきた。ちらついていた小雪が急に激しくなって、冷たい吹雪が上空から吹き下ろしてくる。

祠と楠が傷つけられたとたんだから、まるで祟《たた》りのようだ。もう一度祠のところにとってかえすと、瓦礫《がれき》の中に古ぼけた包みが落ちていた。神社の奉納品だ。時折祖母が手入れしているのを見たことがある。比呂はそれだけ抱え直して、家に戻った。

「なんだいね、急に雪が激しくなって……」

奥から出てきた祖母に、比呂は包みを見せて、「ごめん……」と謝った。悪戯《いたずら》に祠が壊され、楠が傷つけられたと知った祖母の眼に、みるみる失望が映るのを見て、比呂は胸が痛んだ。

居間で包みを開けると、木造の太刀《たち》が出てきた。一見するとただの木ぎれだが、昔、ご神木の楠から切り出して作ったものだと聞いたことがある。

「それって、なんなの?」

なにげなく訊くと、祖母から「神様殺しの太刀だよ」と聞かされて、比呂はびっくりした。

「神様殺し? 神様を、殺せるの? この棒きれで?」

思わず太刀を見つめると、祖母がため息混じりに頷いた。

「そういう言い伝えだよ。狗神様の真名がこめられているそうだ」

「真名?」

耳慣れない言葉だった。祖母は「本当の名前のことだね」と言い、それから独りごちた。

「悲しいものだね、千年続いた風習が、五十年で壊れる。人間にとって、神様はもう必要じゃないということなのかねえ……」

そう言う祖母の声は、珍しく張りがない。

「狗神さまがいらっしゃると思ってるの、ばあちゃんくらいだ。狗神様も、お淋しいだろうね。昔は人と森と神様は仲良しだったもんだけど……」

祖母は呟くのをやめると、気持ちを切り替えたようにいつもの、しゃんとした声で「比呂」と顔を上げてくる。

「あんた、ばあちゃんに付き合ってこの里にいなくてもいいんだよ。町で暮らして、学校行ったほうがいいのかもしれない。ばあちゃんは神社を守るけど、あんたは越したっていいんだ」

「やめてよ、ばあちゃん」

比呂は思わず、祖母の言葉を遮《さえぎ》るように大きな声を出していた。心臓がドキドキとしてきた。祖母と離れるなんて、ありえない、と思う。祖母に恩返ししたくて生きているのに。

すると瞼《まぶた》の裏に、さっき見たばかりの壊れた祠や傷つけられた楠が浮かんでくる。

(守りたいだけなのにな。……俺、なんにもできないなあ)

無力感が、シンシンと降る雪のように比呂の中に降り積もっていく。

窓からは、吹雪のために工事を中止して引き上げていく作業員の姿がうっすらと見えた。

やがて物音が途絶えて雪鳴りだけになると、里は外の世界と隔絶されたようになった。


その晩、寝床に横になった比呂はなんとなく落ち着かなかった。

明日は二十歳の誕生日だ。なにも起こらないだろうと思いながらも、心のどこかに十年前の幻が引っかかり、不安だった。左手のひらの青い痣が、闇の中でもくっきりと見えるようだ。

どのくらい経った頃だろう。うつらうつらと眠りかけていた比呂は、祖母の部屋から聞こえてきた大きな物音で眼を覚ました。

「……ばあちゃん?」

上半身を起こし、少し大きめの声で、祖母の部屋へ呼びかけてみた。けれど、返事はなかった。虫の知らせとでも言おうか、嫌な予感がし、布団をはねのけて襖《ふすま》を開け放つ。そして、ゾッとなった。布団のそばに、祖母が倒れていた。薬を取ろうとしたらしい、畳の上には、薬包が散らばって落ちている。

「ばあちゃん！」

抱き上げると、祖母の体はぐったりと重く、声をかけても意識がないようだった。顔も青白く、血の気がない。比呂は急いで祖母を布団に寝かせ、電話へ飛びついた。救急車を呼んだら、里のほうは雪が降っているので、一時間はかかると言われた。

「あの、なるべく早く来てください！」

それからしばらくは、祖母のそばでじりじりとしていた。一分が一時間にも思われ、三十分が経った頃、もう一度一一九番に電話をしてみたが、誰も出てくれなかった。

やきもきしながら、いても立ってもいられなくて、比呂は気がつくと外に出て、狗神神社の境内にあがっていた。祖母を助けたい一心で、狗神に参ろうと思ったのだ。熱心な信者だった祖母のことなら、あの狼も助けてくれるかもしれないと、思った。

境内に入ると、昼間つけられた傷もそのままに、大楠がそびえ立っていた。

唸《うな》るような吹雪の中、不思議なことに楠だけが雪を被っておらず、上空の雲はそこだけが開けて、昼間も見た大きな丸い月が皓々《こうこう》と光っていた。

「狗神様、あんたが本当にいるなら、ばあちゃんを助けて……っ」

木の正面に立ち、比呂は手を合わせた。これほど真剣に、心から祈ったことなどこれまでになかった気がする。

ところがその時、それまで吹雪にさえ凪《な》いでいた楠が、震えるように枝を動かしはじめた。顔をあげた比呂は、金縛りにあったように動けなくなった。

楠の根元に、銀色の大きな玉が浮かび、ゆっくりと近づいてきたのだ。狐火のように揺らめく光。いつだったか、同じものを見たことがある、と比呂は思った――いつのことだろう？

心臓を鷲摑《わしづか》みにされたような衝撃が、比呂を襲った。

銀の玉は、狼だった。

信じられないほどに巨大な、小山のような狼。大人の男三人分はあろうかというほどの体。目映《まばゆ》い銀毛、星のような金の瞳、九つの尾――息を呑むほど美しく、そして恐ろしい……。

（今、何時だったっけ？）

不意に、家を出る直前視界の端に映った時計のことを思い出した。そうだ、たしか、零時を過ぎていたはずだ。体に電撃が走った。

今日は比呂の誕生日だった。比呂はもう、二十歳になったのだ。

恐怖が湧き上がり、喉の奥から悲鳴が迸《ほとばし》る。比呂は後じさり、逃げようとして足をもつれさせ、その場に尻餅《しりもち》をついた。

(嘘だ！　嘘だ、嘘だ、嘘だ！　こんなの、夢だ……っ)

狗神などいないはずだ。十年前のあれは、夢だったはず――。

「く、来るな！　俺、俺は今日は行けない、ばあちゃんが……っ」

叫んだけれど、狼は聞いてもいないようだった。比呂の頭の奥に、低く、山鳴りのような声が響いてくる。

『約束どおり、迎えに来てやったぞ。……お前を私の伴侶《はんりょ》とする』

喜べ、と狼は言った。

『お前は私の里人だ。私を裏切った、最後の……』

金の瞳をぎらぎらと輝かせ、狼は比呂の鼻先で立ち止まった。

その大きな口から、冷たい呼気が漏《も》れてきて、顔にかかる。頭の奥が凍る。体から力がぬけ、へなへなと倒れ込む。

狼からは、涼やかな匂いがした。木々と草生え、露と木肌の、森の匂いが。

夢うつつに、狼が自分の上着をくわえて持ち上げ、軽やかに空へと跳躍するのを感じた。

狗神だ、と比呂は思った。これは狗神だ。十年前に会った、恐ろしく美しい神。

――けれど裏切ったとは、なんのことだろう？

二

——ばあちゃん。

遠のいた意識の中で、比呂《ひろ》は祖母のことばかり考えていた。

——早く、早くばあちゃんのところに帰らないと。ばあちゃんが死んじゃう……。

うるさいほどにざわめく葉擦《はず》れの音で眼を覚ましたものの、比呂の意識はなかなかはっきりしなかった。顔を横に向けると、眼の前に、湖とも思えるほど大きな池が広がっていた。

(なんだろ、ここ……)

遠く、池のぐるりを鬱蒼と木々が囲み、空は薄曇りで、雲の向こうに月がおぼろに光っている。比呂は、池に張り出した正方形の、能舞台のような屋根付きの板間に寝かされていた。

(……ばあちゃんは!?)

突然意識がはっきりし、比呂は飛び起きた。思い出した。自分は神社で会った巨大な狼——狗神に、連れ去られてきたのだ。恐怖で全身から血の気がひき、比呂は竦《すく》みあがった。

(に、逃げないと……!)

退路を探そうと振り向いたら、板間から縁廊に続く桟敷《さじき》をふさぐように、狗神が腰を下ろしていた。金色の瞳に、どこか苛立《いらだ》たしげな光がある。爪先や指先が震えたけれど、比呂は祖母のためだけに、その恐怖を飲みくだした。とにかく自分は帰らなければ。けれど、狗神の脇をすり抜けようとした刹那《せつな》、ふさふさとした長い尻尾《しっぽ》の一尾で上半身を打たれた。ものすごい力だった。それだけで比呂は吹き飛ばされ、一メートルほど離れた場所にひっくり返っていた。

「……な、なに、なにするんだよっ⁉」

震えながら、それでも比呂は飛び起き、狗神を睨《にら》みつけた。

「か、帰せよ。ば、ばあちゃんが倒れたんだよ！」

『黙れ！』

雷のような音が、頭の中に響いた。その恐ろしさに、比呂は竦みあがった。

『人間ごときが、この私に命令するな！』

狗神の瞳に、怒りの感情が燃え上がっている。

『いいか、私が好きで貴様など伴侶にすると思うなよ。今は火急の時ゆえだ！』

言われたことの意味が分からず、比呂は小刻みに震えながら眉を寄せた。

「……伴侶？　な、なんの話だよ」

出た声は喉にかかり、恐怖にかすれていた。狗神が喉の奥で、低い唸り声をたてる。

『十年前、貴様は私の神域を侵したな。今宵《こよい》迎えるのは、その時からの約束』

十年前と言われて、やはりこの眼の前の化け物は、あの時の狼だと思い知った。

(夢じゃなくて、本当にいた? でも、今はそんなこと、どうでもいい)

眼の前で起きていることがなんなのか、比呂には考える余裕もなかった。よく分からないが、この化け狼が比呂を連れ去り、里に帰してくれないことだけは事実だ。

「あのさ、ばあちゃんが倒れて……だから今は帰してくれ。あとでもう一度来てもいいから」

こうしている間にも、祖母がどうなっているのか分からない。心配で、比呂は我慢できなくなった。再び脇を抜けようとし、襲ってきた尻尾へ、今度はしがみつく。無我夢中で、太い尻尾へ齧《かじ》りつこうとした。

「うわっ!」

瞬間、ものすごい力で板間に叩きつけられた。背中が割れるように痛む。

『小僧! 人の分際で私に刃向かうとは、仕置きしてくれるわ!』

倒れた比呂の体の上に、狗神が飛びかかってきた。銀毛に覆われた太い足に強く胸を押さえられ、もがいても逃れられない。自分が、小鳥のような小さなものになって、猛獣に捕まえられたような、そんな気がして体が震える。

「人殺し!」

比呂は半狂乱になり、叫ぶ。

「俺を帰せ、帰せよ!」

『それほど帰りたいなら、私の真名を当てるのだな！』

狗神が喉の奥で凶暴な声をたて、激しい怒りをあらわに金の瞳を見開いたとたん、理屈ではない、理性ではどうしようもない恐怖と畏敬が、比呂の内側に湧き上がってきた。

『私の真名だ。私の——真、名！』

狗神の声が、ガンガンと頭に響いてくる。比呂はぎゅっと耳を押さえたが、声は脳に直接響いているらしく、まるで意味がない。

『真名だ、私の名前を当てられねば、帰さぬ！』

猛り狂う狗神の声に、比呂は眼の前が眩《くら》んだ。

『裏切り者の人間め、これを祟りと思うがいい……！』

狗神が大きく口を開く。鋭い牙《きば》がずらりと並んだ口を見て、比呂は悲鳴をあげていた。

（食われる！　殺される……！）

着ていた服を噛み裂かれ、比呂は声を限りにわめいた。けれど太い舌で胸を舐《な》め上げられて、あまりの恐怖に体が動かなくなった——。下履きも噛み裂かれ、真っ裸にされた。と、狗神の舌が、予想もしていなかった場所を嬲《なぶ》る。それは比呂の足の間、奥まった場所にある、小さな窄《すぼ》まりだった。

「な、な、なに……!?」

思わず声をあげた比呂は、信じられないものを見た。

狗神の股の間に、荒々しく猛り勃《た》っているものがある……。それは比呂にもある、雄の証《あかし》だ。

そういえば、伴侶とは、妻のような意味ではなかっただろうか？　里に伝わる狗神伝承の中には、神域に迷い込んだ若い娘が、一晩だけ狗神に嫁にとられたという逸話もあったはずだ。長い間、それはよくあるおとぎ話だと思っていたが――。

（こいつ、俺にあれを、入れるのか……⁉）

恐怖が頭を貫く。いやだ、と叫んだ気がするが、もうなにがなにやら分からなかった。眼を閉じて暴れていると、熱く太いものが尻に押しつけられる。狗神の杭《くい》だ。

（殺される……裂き殺される！）

貫かれる刹那、比呂は眼を開けて金切り声をあげた。

束の間、雲が晴れ、青白い月光が、さあっと板間に射し込んできた。月の光を受けて、狗神の姿が輝く。抵抗して突き出していた比呂の腕が、人間の大きな手に、ぐいと押さえつけられて、床の上に縫い止められた。それは若い男の腕だった。掴まれたところから、相手の、自分を遥《はる》かに超えた力強さが伝わってくるほどしなやかで、逞《たくま》しい。眼の前には、銀色の、長い豊かな髪に、白い肌と広い肩、厚い胸板を持った、美しい男がいた。すっと通った鼻筋に、切れ長の金の瞳が、どこか人形めいていて、この世のものとも思えない美貌だった。

（誰だ……？）

と、比呂は思った。

けれど考える暇もなく、腹の中に男の性が入ってくる――大きな質量と熱、挿入の痛みに、ろくに馴らしもせずに入れられた場所が灼《や》けるようだ。ぐいっと揺さぶられ、意識が遠のきそうになる。

「あ……っ」

比呂の脳裏に祖母の姿が――そして、父の姿が浮かんだ。眼尻から、涙がこぼれ落ちる。

（ごめん。……ごめん、ばあちゃん、父さん）

数度揺さぶられたあとで、中に男の飛沫《ひまつ》が放たれる。吐き出された精は熱く、下腹が内側から焼けるように感じて、比呂は喘《あえ》いだ。どうしてか、ヘソの横にびりびりと火傷《やけど》をしたような痛みが走る。

「これで貴様は私の伴侶だ……逃げることはかなわない。帰りたくば、真名を思い出せ……私のやったものを、返せ。人間どもが私から奪ったものを――」

その恨み言はどこか、嘆きのように聞こえる。頭の奥に、吹雪の音が聞こえた。ごうごうと唸る恐ろしい雪鳴りは、時折誰かの泣き声のように、甲高い風の音を含むものだ……。

投げ出した自分の左手のひらが、視界の端に映っている。いつの間にか、葉形の痣が消えていた。約束が果たされたからだ――と、男が言っている。

眼を閉じると、眠気に襲われた。そうして比呂は、夢を見ていた。

――痛い、痛い。

真っ暗な夢の中で、比呂は誰かの叫び声を聞いていた。痛い、痛い、と繰り返す声。

闇を切るように、一頭の狼が走っていた。

美しい、銀の狼。けれど彼は脇腹から血を流し、毛が赤く染まっている。

――痛い、痛い。痛いのに、なぜ私を削るのだ……。

大地がえぐれ、木が倒され、山から恨みがましい悲鳴があがった。

風に乗り、人々の声が聞こえてくる。

山を削れ、木を倒せ……里を去って町へ出るのだ……。神なんて、いるはずがない。

やがて誰かが、壊してしまえ！　と叫ぶ声が聞こえた。

狼の脇腹に、焼けつくような痛みが走った。狼は細く叫ぶ。脇腹から、血が迸る――。

……人間どもめ。

狼の眼から、血の涙が溢れ出た。心の中には恨みがあった。こんな痛みを負わせ、それでも知らんぷりをしている者たちが、憎くて憎くて、同時に、なぜこんなことをされたのか分からなくて、怒りだけが血のように噴き出してくる。

それは狼の喉を焼き、心を焼いて、咆哮《ほうこう》となった。

……人間どもめ、私を裏切るなら、祟ってやろうか――。

（痛い……）

比呂は震えながら、うっすらと眼を開けていた。

いつの間にか夢が消え、ぼやけた視界に、また池が映った。比呂はまだ、池に張り出した板間の上に裸のまま転がっていた。

池面には、雪に降られる里の様子が映し出されている。狼姿の狗神が、水面を見つめている。

ふと比呂は、狗神の脇腹に、赤い血のしみがあることに気がついた。

『……私を裏切った、人間どもめ』

雲が晴れ、月光が白々と狗神の姿を照らし出すと、狗神は音もなく、美しい男の姿に変わっていた。真珠のような銀髪の陰から、憂いと怒りを秘めた、金の瞳が覗いている……。

（狗神が、里に、雪を降らしてる……？）

ふと比呂は、そう思った。もしそうなら許せない。雪のせいで救急車が遅れ、祖母は助からないかもしれないのだ。それはこの神の祟りなのか。

（こいつがばあちゃんを殺したら、俺がこいつを殺してやる――）

頭の端に浮かんだのは、奉納の太刀のことだ。あの太刀さえあれば、殺せるかもしれない。

また眠気に襲われて眼を閉じると、今度は夢も見ず、比呂は朝まで死んだように眠り続けた。

瞼の向こうに、朝の光を感じて比呂は眼を覚ました。いつの間にか、広々とした座敷に敷かれた、上等な布団へ寝かされていた。

「……どこだよ、ここ」

起き上がるなり、比呂は思わず呟いた。

何十畳もある和室には香が焚《た》かれ、飾り棚や文机《ふづくえ》の上に、美しい工芸品が並べられている。部屋は周りを庇《ひさし》のついた縁に囲まれ、開け広げた障子《しょうじ》の向こうに、池や緑の日本庭園が美しかった。空は曇っていたが、里とは違って雪が降った形跡はなく、気温もさほど低くはない。

比呂はその時ふと、次の間に、男が一人座しているのに気がついて、緊張した。いつからいたのだろう、気配がなくて分からなかった。

「昨夜はゆるりとお休みになられましたでしょうか」

男は、もの柔らかな声で微笑んでくる。濃紺の着物を着ている、人間離れして美しい男だ。

昨夜夢うつつに見た長い銀髪に金の瞳の、美貌の男——たぶん、狗神——とは違う。内側から輝いているような白い面に白い髪、一重の、黒目がちな瞳に、桜色の唇。背はすらりと伸びており、女性的な優美さと男性的なしなやかさの両方を持った、華やかな容貌だった。

「お前……誰だ？　狗神じゃ、ないよな……？」

訊きながらも、比呂の頭はせわしなく動き始めた。ようやく、昨夜のうちに狗神にさらわれたこと、そして犯されたことを思い出した。思い出すと恐怖でゾッとし、急に体の奥に痛みが走る。後孔に狗神のものを入れられ、精を出されたこと、激しく蹂躙《じゅうりん》されたことが頭の中を駆け巡った。

つと、眼の前の男が三つ指をつき、その場に頭を下げる。

「私、藤《ふじ》と申します。狗神である旦那様にお仕えする、神狼の一頭でございます。また今日よりは、旦那様のご伴侶となられました、比呂様にもお仕えいたします」

「……は？　はあ？」

「このうえは末永く、本屋敷にいてくださいますよう、お願い申し上げます」

「ちょっと、ちょっと待てよ。俺は、帰るからなっ」

比呂が声を荒らげても、藤はまるで駄々をこねる子どもを見るように、静かに微笑んでいた。

「ですが昨晩、婚儀は無事に済まされた由《よし》……」

「婚儀!?　婚儀ってなんだよ」

「昨夜、比呂様は旦那様と、一夜のまぐわいを……たしか、この頃の人間の、若者たちは、セックス、と言うのでしたか」

からかうように眼を細められ、比呂は声を失った。一拍遅れて、顔が燃えるように熱くなる。

（こ、こいつ……知ってるんだ、俺が狗神に……強姦《ごうかん》されたこと）

あれは強姦だ。合意じゃない、と比呂は思った。死んでも、抱かれたとは思いたくなかった。無理やりで、暴力的だったし、ただ恐ろしかっただけだ。

「比呂様のお体には、既に旦那様との絆の証があるかと思いますが」

そう言う藤の視線が、比呂の腹のあたりに留まった。比呂は促されるように、いつの間にやら着せられていた浴衣《ゆかた》をおそるおそるはだけてみる。すると、ヘソの横に奇妙な印ができていた。それは刺青《いれずみ》したような青い葉の紋で、指でこすってみたけれど、とれない。

「な、なんだよこれ、どういうことだよ」

「左手のひらにあったお印が消えているでしょう、十年前、里に帰すかわりに迎えに来る、というお約束のお印だったからです。新しいお印は比呂様が旦那様のご伴侶である証。それがある限り、比呂様がどこにいらしても、旦那様にはすぐ分かります」

比呂は目眩《めまい》がしそうだった。わけが分からない。

「なんで⁉　なんで俺があいつの、伴侶？　俺は男だ、勝手に決めるな！」

「恐れながら、人の婚儀と神の婚儀は意味が違います。男女の別はあまり関係ありません」

愕然《がくぜん》としている比呂に、藤はごく淡々とした様子だった。

「大切なのは、人の身の比呂様が、常《とこ》しえに旦那様のそばにいて、旦那様を想ってくださることであり……」

「とこしえ⁉　想う？　なに言ってんのっ？」

「旦那様と夫婦の契りを交わされた者は、その印がある間、年をとりませぬ。比呂様はこのお屋敷で、旦那様と一緒に生きていく……私も、そう願っております」

比呂は呆気《あっけ》にとられ、藤を見つめた。納得などできるものか。布団をかなぐり捨てて逃げようとしたそのとたん、なにかに足首がとられて引っ張られ、尻から布団に倒れ込んでいた。

「手荒な真似《まね》はしとうありませぬ。どうぞおとなしくなさいませ」

穏やかな藤の瞳に、一瞬だけ鋭い光が灯《とも》った。見ると、藤の手の中には袱紗《ふくさ》がある。ついさっき比呂の足にからまったものの正体だ。こんな布きれをまるで鞭《むち》のように扱えるのだから、藤が見た目どおりの優男でないことは明らかだった。

（に、逃げられない）

呆然《ぼうぜん》としている比呂を尻目に、藤は「茜《あかね》」と誰かを呼ぶ。すると、縁側のほうから、小さな影がとたとたと可愛《かわい》い足音をたてて走ってきた。比呂は眼を瞠《みは》った。入ってきたのは、まだ小さな男の子だったのだ。

年の頃は七つくらいだろうか。やや長めの赤い髪に、くりくりした茶色の瞳、可愛い顔だちで、甚平《じんべい》のような服を着ている。袖《そで》から伸びた手足は幼く、頭には大きな耳。小さなお尻には、ふさふさの尻尾が一つ、ついていた。

「こちら、茜と申します。比呂様の身の回りのお世話をする狼です。まだ幼く未熟ですが、どうぞ、用立ててくださいませ」

藤に茜と紹介された子は、もじもじして下を向いている。けれど耳だけは興味津々《しんしん》というように、比呂のほうに向かって大きく開き、ふさふさの尻尾も、子犬のように愛想よく、パタパタと振られていた。

「あ、あっ、茜といいます。せいいっぱい、おつとめします……っ」

緊張しているのだろう。上擦った声で言いながら、茜は顔を赤らめ、尻尾をぴん、と張る。

期待と不安の入り交じった眼で見つめられて、比呂はどう対応していいのか分からなくなってしまった。

（……勘弁してくれよ）

茜は、まるで可愛い子犬だ。とてもではないが、邪険な態度はとれない。

「茜、比呂様のお召し物はどうしました？」

「は、はいっ、持ってきました！」

茜が取り出した竹かごには、新しい着物が入っていた。比呂の着ていた服は、昨夜狗神に引き裂かれたからだろう。

「それでは、私は他に仕事もありますので」

そう言うと、藤はすっと立ち上がり、部屋を出て行った。もじもじしながら着物を差し出してくる茜に、「あの、比呂さま。おきがえしても、いいですか？」と、訊かれて、比呂は困った。ふさふさの尻尾は、また愛らしく振られている。大きな耳はちょっぴり不安そうに伏せられ、丸い瞳はきらきらしている。いくら人間ではないとはいえ、こんな子どもに、怒鳴りつけたりはできない。

（いやいや、騙《だま》されるな、こいつだってあの強姦狼の仲間なんだから……）

なんとかして逃げねば。着物など着替えている場合ではないのだ。考えた末、比呂は、

「……あっ、あそこに、コガネムシがいる！」

と、部屋の外を指さした。とたん、茜の耳と尻尾がぴんと立った。

「えっ、どこどこ？　コガネムシ？」

茜は比呂の指差した方向に、まんまと注意を払った。「そこそこ。向こうの角っこ。茜、と

って来て」と言うと、犬が駆け出すように「はい！」と言って部屋の外へ走っていく。その隙

に、比呂は反対側に回った。寝室から一番近い縁側に出て、全速力で角を曲がる。

（まさかこんなに簡単な手に引っかかるとは……）

昔、比呂が家で飼っていた犬もコガネムシで遊ぶのが好きだったので言ってみたのだが、茜

はどうやら本当に子どもで、本当に無邪気らしい。やっておきながら騙したことに罪悪感を感

じたけれど、とにかく今のうちに逃げようと左右を見渡す。と、妙なものを見つけた。

比呂の部屋にほど近い縁の庇から、鈴が一つ垂れ下がっているのだ。よく神社の拝殿などに

ある鈴と同じで、鳴らせるように紐《ひも》がついている。その向こうには、縁の真ん中だというのに、

人が一人くぐれる程度の小さな鳥居が建てられていた。

（なんだあれ……。まあいいか、反対側に行こう）

得体の知れないものに関わるのは怖い。比呂は鳥居とは反対側の角を曲がって、藤や茜に見

つからないよう用心しながら歩いた。屋敷の中には人気《ひとけ》がなく、シンと静まりかえっていた。が、五分も歩いたところでおかしいと気がついた。どれだけ歩いても、景色も壁もずっと同じなのだ。そのうえ、行く手には茜が現れて比呂はぎょっとなった。

「あっ、比呂さま！　よかった……っ」

茜は、尻尾を振りながら比呂のほうに駆け寄ってきた。

「お散歩は終わりましたか？」

縁には藤もいて、にっこりと微笑まれる。

ぶつかるように抱きついてきた茜の、小さな体を受け止めながら、比呂は思わず呆然となった。今、比呂がいるのはついさっき逃げ出してきたばかりの、部屋の前だったからだ。

（どういうことだよ。俺、角一つ曲がってない。ここに戻るわけないのに……！）

キツネに化かされたように薄気味悪くなり、すうっと寒気が走る。

「比呂さま、ごめんなさい。茜がコガネムシなんか気にしたから、まいごになっちゃって……」

茜はすがりつくように比呂の手を握り、取り乱して涙ぐんでいた。

「え、いや……そういうわけじゃ」

「コガネムシつかまらなかったの。探したんだけど……」

不気味な屋敷の中にあって、眼の前の茜まで嘘のような存在に思えてくるが、同時に、しょんぼりと寝てしまった茜の耳を見ると、悪いことをしたような気持ちにもなる。

「茜は本当にまだ子どもですから、あまり、からかわれないでくださいますよう」

藤のほうは比呂がついた嘘を見抜いているらしい。もしかしたら、逃げ出せなくて驚いている比呂の疑問も察しているのかもしれない。含みのある笑顔で釘を刺すように言うと、またどこかへ行ってしまった。

「比呂さま、おこってますか？　茜、コガネムシつかまえられなかったから」

とはいえ、茜にきゅっと手を握られると、比呂は罪悪感にかられ、とりあえず部屋に戻ることにした。

絆《ほだ》されている場合じゃないけれど、出してもらった着物に着替えている間も、茜は自分の頭の高さにある比呂の腰紐を、「うんしょ、うんしょ」と言いながら一生懸命結んでくれ、終わったらつい、ありがとう、と言って頭を撫でていた。すると茜は顔を輝かせ、嬉しそうに笑っている。褒《ほ》められて得意になっている、子犬そのものの表情だった。

「なあ、お前も藤も、狼なのか？　お前には、耳と尻尾あるもんな」

訊くと、茜が恥ずかしそうに顔を赤らめ、小さな両手で自分の耳を押さえた。ふさふさの尻尾もくるんと股に丸めている。

「ごめんなさい……茜はみじゅくなので、まだ、消せないの……」

申し訳なさそうな茜に、比呂は焦った。耳と尻尾が出ているのは、そんなに恥ずかしいことなのだろうか？

「お、俺はいいと思うぞ。耳も尻尾も可愛いし」

慌てて慰めたら、茜が、おずおずと比呂を見つめ返した。

「茜の耳としっぽ、かわいいですか？　こわくない？」

茜の容姿で怖いわけがない。頷くと、茜の顔にみるみる笑顔が広がった。耳を立て、尻尾をちぎれんばかりに振っている。そうして、「比呂さまがやさしいひとで、よかったあ」と息をついた。

「にんげんは耳としっぽが出てたら、こわいって思うかもって、藤さまがゆってたの」

茜は一生懸命、という顔で比呂に話してくれた。気持ち悪いと思われるかもしれませんよ、そうなっても落ち込まないように、と藤に言い聞かせられていたらしい。だから朝から緊張していたのだと言う。

「ごはんりょに、きらわれたらどうしようって……」

……誰がこの可愛い子狼を、嫌いになれるのだろう？

茜の体からは、ぽかぽかとした日向《ひなた》の匂いがし、比呂は頭を抱えたい気持ちだった。こんな態度をとられて、茜を敵とは思えない。比呂はもう、正面切って訊くことにした。

「茜、お前さ、この家の出口、知らないか？」

藤の内心は読めないが、茜は素直でいい子そうだ。事情を話せば分かってくれる気がした。

「俺はここから帰りたいんだ。里で、俺のばあちゃんが倒れたんだ。心配なんだよ」

訴えるうちに自分でも不安が募り、声が震えた。今こうしている間にも、祖母がどうなっているのか分からない。生きているのか、死んでいるのかさえ。

聞いている茜の眼の中にも、同情の色が浮かんだ。耳もしんなりと寝て、茜は胸に回してきた尻尾をぎゅっと抱きしめている。

「比呂さまのおばあさん、びょうきなの？　旦那さまとおんなじびょうき？」

「え？　いや、狗神も病気なのか？」

狗神のことなどどうでもよかったが、一応確認すると、茜は青い顔で悲しそうに頷いた。

「お里に人がいなくって、お山がけがして、痛いでしょ？　旦那さまも痛いんだって。お屋敷にも、藤さまと茜しかいなくなっちゃった。でもまだ旦那さまは痛いから、狼のままなの。お月さまがいたらなおるけど。でもお名前がないと、痛いままだって……」

茜の説明は半分も分からなかった。だが、狗神の事情は後回しにするしかない。そのうち茜は、涙ぐんでうつむいてしまった。

「……あのね、でも、茜も、旦那さまがゆるしてくれないと、出口にはゆけないの。時々、おつかいにゆけるけど、それは藤さまにご用が多いときだけなんです」

茜のつたない説明から比呂が分かったことは、この屋敷の中のことは、狗神にはすべて見通されていて、狗神が許してくれなければ、出口の姿そのものが見えないということだった。藤も茜も、自由に出入りしているわけではないらしい。

「じゃあ俺は、帰れないのか？　……ばあちゃんが倒れたのに」

後頭部を叩かれたようなショックがあった。

（……神社に行かなきゃよかったんだ）

不意に、考えないようにしていた後悔が襲ってきた。祖母が倒れた時、おとなしく家で救急車を待っていればよかった。狗神が自分を迎えに来たとしても、無事病院に運ばれたあとなら、まだ気持ちも落ち着いていられた。

（……あのまま、ばあちゃん一人で死なせてしまってたら、どうしよう？）

家の中は寒かった。意識が戻っても、ストーブを起こせず凍死したかもしれない。体の悪い年寄りならそんなこともある。頭の奥に蘇ってくるのは、ここに連れてこられる直前に見た祖母の青ざめた顔。そして、雪山で遭難した日、自分を抱いたまま死んでいった父の横顔だった。胸がつぶれそうになった。いつも支えてくれた祖母を、自分はみすみす殺してしまったかもしれない——。

「比呂さま！　旦那さまにおねがいしましょっ」

うなだれていた比呂の視界に、突然、茜が飛び込んできた。大きな瞳を潤ませ、茜は小さな手で、比呂の手をぎゅっと握ってくる。

「旦那さまはやさしいから、比呂さまがお願いしたらきっときいてくれます。おゆるしがでたら、お里にもゆけます。茜もいっしょにおねがいしてみますっ。ねっ？」

必死に言いつのる茜に、比呂は戸惑った。

(この子は本気で、俺のために言ってくれてるのかな？)

今会ったばかりなのに。素直に、いい子だな、と思えた。けれど同時に、狗神が優しいなんて嘘だろう、という、懐疑的な気持ちが湧く。

それでも同族の茜の言葉なら耳を貸してくれるかもしれないと思い、比呂は茜に従って縁側のほうへ出た。ついさっき見た、妙な鈴と鳥居の前に立たされる。なんだろうと思っていると、茜がその鈴をガランゴロンと鳴らした。

「旦那さま。茜です。比呂さまといっしょに、おそばにいってていいですか？」

すると不思議なことに、どこかからか、リイーンと鈴の音が一つ、聞こえてきた。

「音がひとつだと、はいっていいよ、ってことなんです。ふたつだと、ダメなの」

比呂は茜に手をとられ、鳥居をくぐる。それから驚いて、息を呑んだ。

さっきまで、鳥居の先には縁側が見えていただけだったのに、くぐった先には広々とした、薄暗い板の間があったのだ。板の間の奥は一段高くなっており、蔀戸《しとみど》からこぼれてくる薄曇りの陽光に照らされて、巨体の狼が丸くなって寝ていた。

(狗神の……部屋？　なのか？)

飾り一つない、殺風景な部屋だった。出入り口は締め切られ、中は暗く冷えている。背のほうを振り返っても見えるのはただの壁で、今抜けてきた鳥居はない。

『……貴様ら、なんの用だ』

頭の奥に直接、不機嫌そうな、苛立ちを含んだ声が響く。

寝ていた狗神が億劫《おっくう》そうに眼だけを開き、じろりと比呂を睨《ね》めつけてくる。とたん、背に悪寒が走った。昨夜無理やり抱かれたことが蘇り、比呂は怒りと恥ずかしさでムカムカした。

「旦那さま。比呂さまをすこしだけ、お里に帰してあげてください。おばあさんがごびょうきだって。比呂さま、おかわいそうなんです」

茜は一生懸命、といった様子で、狗神に訴えてくれていた。

「比呂さまのおばあさんは、旦那さまがだいじにしてた、お里のひとだから……」

けれど茜がそこまで言った時だった。

『約束破りの里人のことなら、私は知らんわ！』

怒号と一緒に、ごうっと風が吹いた。茜が叫び声をあげ、吹き飛ばされたように転がる。まともに突風を食らったのだろう。床に落ちた茜は、小さな体を丸めて痛そうに震えていた。

「茜！」

比呂は慌てて、茜の体を抱き起こした。茜の小さな鼻の頭が、叩かれたように真っ赤になっていた。ぐすぐすとべそをかいている茜を見て、比呂はカッとなった。

「お前な、こんな小さい子に、なんてことすんだよ！」

『黙れ！　人間ごときに情を寄せて、私に意見などするからだ！』

頭の中で、銅鑼《どら》を叩かれているようながなり声。恐ろしかったが、比呂は怯《ひる》まなかった。

（人間ごときぃ〜？）

堪忍袋《かんにんぶくろ》の緒が切れたような感じだった。怖くて萎縮《いしゅく》していた怒りの感情が、噴き出してくる。

（こいつは、なんでこんなに偉そうなんだ⁉　もうーっ、我慢できない！）

「お前なっ、神様だかなんだか知らないけど、俺に一言くらい謝ったらどうなんだ！」

抱いている茜が、比呂の言葉に驚いて、ぱちくりと眼を見開く。狗神が、眉間《みけん》に皺《しわ》を寄せる。

『謝れだと？　この私に？　なにをだ⁉』

「勝手に俺を抱いただろ！　ああいうのは強姦だ、ごめんなさいって言えよ！」

『貴様ごとき、誰が食いたくて食ったというのだ！』

狗神が、逆上《のぼ》せたように吠《ほ》え猛った。

『貴様しかおらぬから伴侶にしたまで。それも貴様らが裏切ったせいだ！　貴様こそ、私に手をついて謝罪しろ！』

「なんで俺が？　裏切ったってなにを？　お前の神域に工事が入ってることなら、俺のせいじゃないし、それで強姦がチャラになると思うなよ！」

比呂は負けじと怒鳴り返した。大体、自分と祖母は、周りから責められても神社の土地を売らずに頑張っているのに、とんだ言いがかりだ。自分は間違っていないのだ。間違っていなければ、しゃんとしていろ、と言う祖母の声が脳裏に返る。比呂は狗神に近づくと、自分の顔の数倍はある狗神の顔を、強《したた》かに打った——。

狗神は、比呂の細い腕で叩いたところで、びくともしなかった。しないが、一瞬なにが起きたか分からないというように、金色の瞳を見開き、比呂を見つめている。

「人間だとか神だとか、関係ない。お前も怒ってるなら心はあるんだろ。心があるなら、人が傷つく気持ちも分かるよな。悪いことしたら、謝れよ」

『貴様……っ』

狗神が喉の奥から唸り、歯をむき出しにした。

刹那、比呂は茜の金切り声を聞いた。大きな尾が比呂の鳩尾《みぞおち》をなぎ払った。胃の中のものが逆流するような衝撃に、比呂はウッと喉を鳴らした。そしてそのまま、天井近くまで飛ばされ、床に叩きつけられていた。背中に鋭い痛みが走る。

「やーっ、旦那さま、やめてっやめてっ」

茜が泣き叫んでいる。身を起こす間もなく、雷のような速さで、狗神が飛びかかってくる。

『裏切り者の！　人間が！　私に！　謝れだと！』

頭の中に、ガンガンと狗神の声が響いた。

『里を守ってやった恩も忘れ！　私を放り出し、私の大地を侵し、私を忘れた貴様らが——私に謝れだと！　神である私に！』

屋敷全体が家鳴りのような音をたて、蔀戸から差していた光も消え、空に暗雲がたちはじめる。ゴロゴロと雷鳴が響く。

『貴様をここで食ってやってもいいのだ！　食って、祟り神となり、貴様も里もすべて滅ぼしてもいいのだ――！』

頭が痛い。耳鳴りがする。けれど比呂は、頭上で猛る狗神の顔を、必死になって睨みつけた。

「こうやって力で押さえつけて、恐がらせて言うことをきかせるやつのどこが、神なんだ⁉　裏切り者って言うけど、お前がそんなんだから、人間に要らないって思われたんだろ――」

『黙れ……！　黙れ、黙れ――ッ！』

血を吐くような怒号だ。巨大な空気の塊に弾き飛ばされ、比呂は床へ転げ落ちた。

唐突に、あたりがシンと静まりかえっていた。

ゆっくりと眼を開けると、狗神の部屋は消えて、比呂は茜に連れられてくぐり抜けたはずの鳥居と鈴の下に戻されていた。すぐそばで、うずくまった茜がしくしくと泣いている。縁側から見える庭に、いつの間にか土砂降りの雨が降っていた。

「ご、ごめんなさい、比呂さま」

うずくまって泣いている茜の鼻の頭は、まだ赤い。それを見ると、比呂の胸が痛んだ。

「……茜は悪くないよ。俺こそ、ごめんな。鼻、大丈夫か？　痛かったろ？」

　抱き起こして立たせてやると、茜は大きな眼からぽろぽろと涙をこぼし、飛びつくように、比呂の胸にしがみついてきた。小さな体が震えているのがかわいそうで、比呂はよしよしと茜の背を撫でる。

（こんな小さい子、巻き込んで……なにやってるんだろ）

　今さらのように、比呂は後悔した。

「比呂さま、旦那さまのこと、きらわないで……っ」

　その時不意に茜にお願いされて、比呂は戸惑う。

「旦那さま、ほんとうはあんなにこわくなかったの。もっとやさしかった。茜には、お父さまみたいだったの。おけがをして、ごびょうきで、おかしくなっちゃったの……」

「怪我《けが》？」

　比呂は首を傾げる。ふと昨夜見た、狗神の脇腹を思い出した。そういえばそこだけ、血濡《ちぬ》れて赤くなっていた気がする。

「お山もけがをしてるでしょ。だから旦那さまはごびょうきだったのに、神社がおけがして、お名前も忘れてしまったって、藤さまがゆってたの」

「神社が怪我して、名前を忘れた？」

　比呂の脳裏に、その時『真名』という言葉が浮かんだ。

　──私の真名を当ててみろ！

（……ばあちゃんが話してくれた昔話に、狗神に連れ去られたら、名前を当てれば帰してもらえるって……あったっけ）

それもまた、よくあるおとぎ話だった。「神社が怪我をした」というのは、もしかすると祠が壊され、楠が傷つけられたことかもしれない。それにしても、狗神の名前など知らない。祖母もそうだが、小さな頃から狗神としか呼んでこなかった。

「藤さまがゆったの。比呂さまが旦那さまを好きになって、お名前も思いだしてくれたら、旦那さまはむかしみたいに元気になるって。だから……旦那さまのこと、きらわないで」

泣いている茜をどう慰めたものか分からず、比呂も弱ってしまう。心の素直な茜がこれだけ慕っているのだから、狗神も、本当ならもう少し優しい神だったのだろうか。

（神域に工事の手が入ったり、神社を壊されたりして……人間のこと、恨んでるのか？）

ぼんやりと考えていた時、不意に茜の目線が上になった。見ると、厳しい顔をした藤が、子犬を持ち上げるように茜の襟首《えりくび》を摑んでいた。

「……茜。お前という子は、なんて勝手で、愚かな子なんです」

とたん、茜が「やーっ」と声をあげた。藤が茜を脇に抱え、ぺん、とお尻を叩きだす。

「旦那様のことは、比呂様に勝手に話すなと言ったでしょう！」

「ごめんなさい、ごめんなさい藤さま」

「旦那様のお部屋に連れて行くのもダメだと言ったでしょう！」

「痛いです、藤さま」

「旦那様は今、とってもお加減が悪いのですよ！」

比呂は慌てて止めに入った。

「ちょ、ちょっと待って。茜は俺のためにしてくれたんだ、許してやってくれ！」

藤の手首を掴んだものの、突き刺すような視線で睨まれて、比呂は怯んだ。

「比呂様、そもそも、あなたが茜をそそのかしたのが原因ですよ、この子はまだ子どもだから、からかうなと言ったはずです！」

ものすごい剣幕に、比呂は反射的に「ご、ごめん」と謝っていた。藤はようやく、茜の体を放してくれた。茜は慌てて、比呂の胸に飛び込んでくる。小さな体を抱きしめて庇《かば》ってやると、藤がなかば呆《あき》れた顔で、茜と比呂を見下ろした。

「子どもを手懐《てなず》けるのがお上手ですね」

「……普通に接してるだけだよ……その、茜を巻き込んだのは悪かった。ごめん」

涙眼の茜の頭を撫でながら、バツの悪い気持ちで謝ると、藤が小さな声で「普通に接してる……ですか」と、呟いた。

「……まったく、旦那様のご機嫌は最悪ですよ」

そう言って、藤は疲れたように、縁側から、土砂降りの庭を見る。

「あなたとは、少し話し合う必要がありそうですね。比呂様に、私どものことを、理解していただきます」

「まずお分かりいただきたいのは、比呂様がここへ連れてこられたのは十年前からの約束であって、決まりだったということです。そのことでこちらを恨むのは筋違いです」

部屋に戻り対面に向き合うと、藤がこんこんと話し始めた。

十年前、迎えに来ると言われていたことは、神域をはじめに侵したのは比呂なのだから仕方がないと納得することにした。それでも、祖母が心配だから帰りたいのだと、必死に伝えた。

「旦那様の真名さえ当てられれば帰れます。私としては、ずっといていただきたいが。神からなにか与えてもらうには、出された条件を呑まねばならない。等価交換が神と人との理《ことわり》です」

「じゃあ、これまで神域に迷い込んできた連中も、みんな真名を当てたのか？」

訊くと、もちろんです、と藤は頷いた。

「最後に迷い込んできた人間は、三百五十年前でしたか……すぐに分かりましたよ。里にはちゃんと、旦那様の真名が伝わっているはずですから」

(三百五十年前！)

比呂は絶句してしまった。まだまだ里に人がいて、狗神の信仰も篤かっただろう時代の話だ。当時残っていただろう伝承や習慣など、今となっては廃《すた》れてしまっている。真名も、長い年月のうちに忘れられてしまったに違いない。

「でも……そもそもなんで、伴侶がいなきゃいけないんだ？　俺なんかここに置いてても、なんの意味もないだろ？」

「神が人間を伴侶に娶《めと》るのは、たまたま神域に入ってきたからだけでなく、神の力が弱まっているからという場合もあるのです。旦那様のお加減が悪いのは、お察しいただけましょう」

藤は、神の力の源は、人間の信仰心だと説明してくれた。

「人間に存在を『いる』と認められることで、神は神気を得るのです。旦那様は今、里人たちに約束を破られ、神域を穢《けが》され、傷つけられて弱っている。そんな時は人間の伴侶とまぐわうことで、弱った力を強められる。つまり、まぐわいは伴侶の務めです」

「まぐわいってなあに、比呂さま、藤さま？」

そばで聞いていた茜が、きょとんとして訊いてくる。まさかセックスのことだとも言えず、比呂は赤くなったが、藤は茜の問いをあっさり無視している。

「普通、これほど神気が弱まっていれば、一度とった伴侶は簡単には帰しません。ですが旦那様は真名を探していらっしゃいます。それで特別に、真名当てできれば帰すと仰《おつしや》っている」

「神社が壊れて、真名をなくしたってやつ？　じゃああいつは、俺に真名を当ててもらいたいのが一番ってこと？」

そうですよ、と藤は頷いた。つまり、狗神が比呂を帰してくれないのは、弱っているから人間を伴侶にしておきたいという以上に、忘れてしまった真名を取り戻したいからか。伴侶にするだけなら誰でもいいだろうが、真名を知っているのは、里人くらいだろうから。とはいえ、

(俺、三百年も前の人間じゃないし。知らないよ。千年なんて、人間には長すぎるってこと、神様には分かんないのかな？)

あのさ、と比呂はすがるような気持ちで身を乗り出した。

「条件を変えてもらうわけにはいかないのか？　たとえば……あんたたちからしたら、人間の十数年なんて一瞬だろ？　俺の未練はばあちゃんだけだから——もし、いつかばあちゃんが死んじゃったら、またここに戻ってきて、残りの余生はいくらでも捧げる。真名も頑張って考える。それじゃダメ？」

「……以前の旦那様なら、お許しくださったかもしれません。ですが、今は……里人に裏切られた。旦那様はもう人間を信頼しておられない。聞き入れてはもらえぬでしょう」

「でも、里人との約束は千年も前のものだろ？　俺とは関係ないだろ！」

思わず、比呂は声を荒らげていた。千年前のしわ寄せを、なぜ自分が受けなければならないのだろう、と思う。こんなのは理不尽だ。

「……それはあなたがた人間の理屈です。比呂様がそんなふうに考えていらっしゃる限り、旦那様のお心も溶かせませぬ。帰りたいなら真名を当てるしかありません」

比呂は黙りこみ、藤を睨んだ。

（話し合うって言っても、結局俺の意見は聞いてくれないんだ……）

　迷路の中に投げ込まれているような気持ちだった。同じ言葉を話しているのに、これほど自分の気持ちが拒まれ続けると、まるで言葉が通じていないようだ。結局、神と人だから理解もできなければしてももらえない、そういうことなのだろうか。

「……比呂様、一つだけお伝えしておきたいのは、旦那様は真名さえ当ててくれたらいいと思っていますが、私にとっては比呂様はそれ以上に、必要な方なのです」

　その時ふとつけ足され、比呂は顔をあげた。どういう意味だろう。

「比呂様は、旦那様の最後の里人です。たとえ真名が分かっても、そのあとも、旦那様のそばにいてほしい。もちろんおばあさまが亡くなられてからでも構いません。……旦那様に、里人のあなたを好きになってほしいのです」

　最後のほうは、独りごちるような口調だった。なにか物憂げな顔になって、藤は黙り込む。やがてすうっと立ち上がり、茜に声をかけた。

「お昼のお支度をしましょう。もう正午ですからね」

　出て行った藤の背中を見つめ、残された比呂は、ますます困惑していた。

（里人の俺を、狗神に好きになってほしい？　……藤は狗神の怒りを鎮めたいのかな？）

　それ以外の解釈が浮かばず悶々《もんもん》としているうちに、藤が膳を運んできてくれた。味噌汁《みそしる》と白飯の他に、焼いたサンマと里芋《さといも》の塩ゆで、小松菜のおひたしにカボチャの炊きものと、純和風の献立が載っていた。比呂が家で祖母と一緒に食べる田舎料理そのものだ。茜は茶の準備をしているようで、まだ戻ってきていない。

「……これ、お前が作ったの？　材料は？」

狼の作る食事だから、生肉が出てきたらどうしようとまで思っていたので、意外に思って訊くと、「今朝、町で仕入れてきました」と藤は淡々としていた。

「人間の食べ物は見よう見まねで時折作るのです。比呂様も私どもと同じく、旦那様の神気を受けていますから、食べなくても生きてはいけましょうが……人間にとって、食べることは生命の源ですから、比呂様にはお食事が必要だろうと、旦那様にお願いしてご用意しました」

椀に飯をよそいながら言う藤に、比呂は頭の中で考えが動き出すのを感じた。出された椀を受け取らず、比呂はつい、藤の手を握った。

「なんですか？」

驚いたように眼を瞠った藤に、比呂は膝を詰めて近づく。

「藤。お願いだ。俺をここから出せないって言うなら、お前がかわりにばあちゃんの様子を見てきてくれないか？　ばあちゃんさえ無事なら、俺はおとなしくするから」

真剣だった。他に方法はないと思った。茜も言っていたが、藤は何度となく外界へ出かけているらしいし、人間のこともよく分かっている。藤なら、要領よく、狗神の眼を盗めるだろう。

「そのようなこと、旦那様がお許しくださいません」

「それは分かってる、でも、お前にだって自分の意見や気持ちがあるんだよな？」

身を乗り出して言うと、藤が口をつぐんだ。

「今さっき、言ってくれた。人間の俺には食事が必要だって。それが生命の源だって。それに、狗神はそうじゃなくても、お前は俺に、狗神のそばへいてほしいって。……お前は、狗神とは違う心を持ってるし、いろいろ自分で考えて、それを行動にも移してる」

心があるなら、と比呂は思った。心があるなら、狼でも、人間じゃなくても、きっと分かってくれるはずだ。

「俺にとってのばあちゃんは、お前にとっての狗神みたいに大事なんだ。お前が俺の頼みをきいてくれたら、俺もお前の頼みを一つきく。だから俺を助けて」

比呂はその場に頭を下げ、畳に手をついた。やがて、頭上から藤のため息が聞こえた。

「お顔をお上げください、比呂様」

藤の声には、なかば諦めたような苦さがにじんでいる。顔をあげると、どこか呆れた顔で、藤が比呂を眺めていた。

「――あなたはとても変わってらっしゃいますね」

そうだろうか。比呂にはそんな自覚はないので、「要領が悪いってよく、言われるけど」と言うと、藤は「その程度のことではありません」と容赦ない。

「神域に迷い込んだ人間を、屋敷にあげたことは何度もありますが……この私に、気持ちを訊いた方なんて、いませんよ。茜に『普通に接し』たり、旦那様にもあんなことを」

そこまで言うと、藤がふっと、おかしそうに笑った。笑うと、花がほころぶように見える。

「……悪いことをしたら謝れ、だなどと、あの旦那様に言った方は初めて。旦那様も、一瞬ぽかんとなさって……」

「み、見てたのか？」

見ていたなら助けてくれてもよかったのに、と唇を突き出すと、「あんまり無鉄砲で、生きた心地がしませんでした」と、藤はしれっとしていた。けれど比呂へ振り向いた時には、藤の眼差しはどこか優しくなっていた。

「……分かりました。なんとかしてみましょう」

なんとかする。藤に言われた一瞬、比呂は受け入れてもらえたことに気づかなかった。眼を瞠り、「本当か？」と訊ねると、藤が頷く。気がつくと、比呂は歓声をあげて藤に抱きついていた。藤の体は細く見えて、比呂よりはしっかりと身幅がある。着物からは、品の良い香の匂いがし、そんな比呂に、藤は眼を丸めている。

「ありがとう！　お前、いいやつだな！」

胸の奥に喜びが湧いてくる。この屋敷に来てから初めての気持ちだった。どれだけ言葉を投げても期待する答えが返ってこなかった中、自分の心が、やっと受け入れてもらえたような嬉しさだ。やがて藤はおかしそうに笑い、比呂の前で人差し指をたて「静かに」と、諭《さと》してきた。

「旦那様に聞かれてしまいます。それと、まだ喜ばないでください。私が外界でなにをしているか、旦那様は知ろうと思えば分かるのです。なにか上手い方法を考えねば、様子を見に行くこともできません。それにこのご機嫌では……」

と、言って、藤が土砂降りの庭を見やる。

「今日は外出させてもらえますまい。明日まで、一旦お待ちいただけますか？」

気は逸《はや》るけれど、藤に任せるしかないと、比呂はまた頭を下げた。

「ありがとう。お前には悪いけど、頼みます」

他にすがれるところなどない。必死の気持ちをこめて言うと、「疑わないのですね……」と、呟かれる。顔をあげると、藤がまっすぐに、比呂を見返していた。その眼が一瞬だけ、不安そうに揺れたので、比呂は不思議に思った。

「そのかわり……比呂様にも、お願いをきいていただきます。そばにいる間だけでも、考えてみてはくださいませんか？　旦那様のこと……旦那様の、お気持ちを」

（狗神の気持ち？）

思ってもみなかった言葉、というより、とても理解できそうにないものをあげられて、比呂は答えに窮してしまった。

「あいつの気持ちって……俺や人間が嫌いってことは分かったけど」

比呂には狗神がどういう神なのか、いまだによく分からなかった。分かっているのは強引で、人間に裏切られて、怒っているということだけだ。

「先ほど旦那様を怒らせたこと……比呂様はまったく悪くないのでしょうか？」

比呂は黙り込んだ。訊かれると、自信がなくなってきた。カッとなっていたので、半分くらいなにを言ったのか覚えていない。強姦されたことを謝れと言ったのは、間違っていないはずだけれど……。

「あなたなら、あるいは……旦那様を、分かってくださるかもしれない」

ぽつりと藤が言う。

「そうすれば――今では月明かりの下でしか見られなくなった本当のお姿に、旦那様は戻れるようになるのです」

藤は黒眼を揺らし、それから耳をそばだてるようにして立ち上がった。

すると奥のほうでバターンと大きな音がした。茜の細い叫び声が続く。

「慌てて、お茶をこぼしたようですね」

藤が呆れた顔で出て行ったので、その話はそこで終わりになった。けれど比呂の心には、なにかもやもやとした、晴れない気持ちが残ったのだった。

三

その晩、一人になった比呂《ひろ》はなかなか寝付くことができなかった。

祖母のことが気がかりだったせいもあるし、昼間、藤《ふじ》に「狗神《いぬがみ》の気持ちを考えてほしい」と、言われたせいもある。

（狗神の気持ちかあ……）

けれどそれを思えば思うほど、なんだか迷路に入り込んだように心がもやもやとしてしまう。

（考えたって分かるわけないよな。もっと話してみないと……）

——とはいえ、なにをどう話せばいいのだろう、と思う。狗神は傲慢《ごうまん》で、比呂が話しかけても答えてくれるわけがない。

どこからか、狼《おおかみ》の遠吠《とおぼ》えが聞こえてくる。この屋敷に住んでいるのは狗神と藤と茜《あかね》の三人きりだというから、吠えているのは狗神かもしれない。雨は止《や》んでいたが、空には雲が広がっており、星や月は見えない。

——お前がそんなんだから、人間に要らないって思われたんだ！

ふと自分が狗神に投げつけた言葉が蘇《よみがえ》ってきて、比呂はため息をついた。藤に、狗神が怒ったのは比呂にも責があるのでは、と言われた時、自信がなくなったのは、脳裏にこの言葉が浮かんだからだった。

――きみのかわりなんてたくさんいるの。きみがいなくてもうちの店は回るんだから。

コンビニエンスストアの店長に言われた言葉。

もしかしたら、自分も同じようなことを、狗神に言ってしまったのではないか。なぜか急に、比呂はそう思ったのだ。

要らないと言われることは、どんな相手からであれ、腹が立つし、傷つくものだ。狗神の気持ちなど分からないけれど、自分が言われて辛《つら》かった言葉を、他の相手にも言ってしまったのは悪かった、と思う。

（あれは怒って当然だよな……）

比呂は根が素直だから、一度そう思うとなんだか落ち着かなかった。狗神に謝りたいような気がする。……強姦《ごうかん》を謝れと迫った自分が、自分の非を認めて謝れないのはおかしいと思うし。

考え込んでいると障子《しょうじ》からそよそよと風が忍び込んできた。部屋に置かれた四つの紙灯籠《かみどうろう》の中で、小さな火がちらちらと揺れる。振り向いたら、いつの間にか狗神がいて、虚を突かれた比呂は震えてしまった。闇に浮かぶ狼の巨体は、やはり怖い。

「……な、なんだよ。俺を帰してくれる気になったか？」

精一杯虚勢を張って、比呂は上半身を起こした。

『伽《とぎ》をしにきたのだ。お前は伴侶《はんりょ》だからな。感謝するがいい』

尊大に言ってくる狗神に、比呂は眼をしばたたいた。

「とぎ？」

おもむろに、狗神が覆い被《かぶ》さってきたので、比呂は「伽」の意味を直感した。昨夜のように抱かれるに違いない。思わず枕をとり、狗神に向かって投げつけていた。避けた狗神が、不愉快そうに喉《のど》の奥で唸《うな》りをあげた。

『貴様……まだ私に刃向かう気か、なんという小癪《こしゃく》なガキだ！』

「刃向かうもなにも、俺はお前に抱いていいなんて言ってない！」

謝りたいと思っていた気持ちは、一瞬で霧散した。

もう一つあった枕を投げ、投げるものがなくなって、比呂は紙灯籠の脚を掴《つか》む。狗神の唸り声を聞いた瞬間、比呂は怖くなって灯籠を投げつけていた。けれど狗神の体に届く寸前、それは不自然なほど激しく燃え上がって灰となる。

『貴様のようなガキ、こちらも好きこのんで抱いておらぬわ！』

地響きのような怒鳴り声に呼応して、家全体がガタガタと揺れ、残りの灯籠の火が消える。怖い。比呂は壁際に逃げようとしたけれど、狗神の前足に太ももを押さえられて転倒した。

「は、放せよ……！　嫌なら抱くな！」

『黙れ！　人間どもが裏切るから、私が貴様ごときを食わねばならんのだ！　里には雪が降っている、私は疲れている！』

比呂はかーっと頭に血が上ってくるのを感じた。

（こいつ、ほんと、むかつく！）

人を無理やり抱いておいて、「貴様ごときを食わねばならん」とはなにごとか。せめてもう少し、言葉を選べないのか。

（大体、裏切ったのは俺じゃないし！　なのに自業自得みたいに言いやがって！）

「お前、千年も生きてるくせになんでそんなにガキなの？　相手の口説き方も知らないの？　ぶつぶつ文句言うわりに、昨日も俺に入れたよな、本当はただ盛ってるだけだろ！」

浴衣《ゆかた》の打ち合わせからはだけた太ももに、狗神の爪《つめ》が当たっていた。それが恐ろしくてたまらなかったが、比呂は震えながら言い返してやった。狗神の眼に、ぎらぎらと怒りが灯《とも》った。

『なんだと！　黙らんと、ひどいめに遭わせるぞ！』

「お前に犯される以上のひどいことなんか、ねえよ！」

負けずに応酬した比呂の上で、狗神は言葉を失ったように一度、大きく震えた。

その様はまるで、口が達者でない子どもが、怒りすぎて言葉を失っているように見えた。

『よくもここまで私を怒らせる……哀れな貴様が、私のものだと、分からせてやる！』

怒りに満ちた銅鑼声《どらごえ》が、脳の奥へ流れ込んでくる――。

（な、なにをするつもりだよ……？）

比呂が眉《まゆ》を寄せていると、狗神は押さえつけていた足を放してくれた。けれど自由になったと思ったのは、束の間だった。

『浴衣をはだけろ。帯は解かずともよい。私に胸を見せるのだ！』

狗神の声が、脳に響いた一瞬、頭が締めつけられるように感じ、下腹のヘソの横が、びりっと熱くなった。見ると、浴衣の下で「伴侶の証《あかし》」が赤く燃え、布地に映り込んでいる。そして、比呂は息を呑《の》んだ。

（な、なに……あ、え⁉）

体が勝手に、動いたのだ。それも、狗神が言ったとおりに――。

違う、嫌だ、やりたくないと思いながら、気がついたら比呂の手は、浴衣の前をはだけていた。白い胸が、青白い闇の中に浮かびあがる。と、残っていた紙灯籠の火がまた点《つ》き、比呂のはだけた胸が照らし出された。

『寝そべり、膝《ひざ》を立てて股を開け。裾《すそ》をからげて、下着を見せろ』

また、命じる声が脳で反響した。

比呂は言われたとおり、布団に寝そべると、裾を割って膝を立て、股を開いて、布で覆われた性器を狗神に見せてしまう。心は嫌だと思い、唇は震え、眉は寄せられているのに、体だけは狗神の言うなりになっている――。下腹で、葉形の紋がまだ光っている。

（これの、せいで言いなりに……？）

けれど気がついた比呂を嘲笑《あざわら》うように、狗神が次の命令を下した。

『己の乳首を弄《いじ》れ。弄って感じろ』

「……い、いやだっ」

思わず声が出た。出たけれど、比呂の両手はそろそろと、自らの乳首をつまんでいた。ぎゅっとつまむと、なにかもどかしいものが背にじんと走る。

『こねろ』

言われるまま、指の腹でくりくりとこねてしまう。こんな場所など一度も弄ったことがないのに、ずっとこねているうちに、下腹部の下にぼうっと熱い、快感の種が生まれた。それは体全体に、波のように伝播《でんぱ》し、比呂が自分で弄くっている、二つの乳首にも伝わってきた。

「あ……や、あ」

『つまんで、引っ張ってみろ。甘く鳴け、女のようにな』

言われるがまま、きゅっと引っ張る。すると今度はそこから、なにか切ないものを感じた。背が震え、指の中で乳首が凝る。

「い、やだ、あ、あ……ん、んっ」

『淫乱《いんらん》が。もっとはしたなく鳴いてもいいぞ』

嗤《わら》う声が脳の中に響いたとたん、比呂は「あんっ」と高い声をあげていた。甘酸っぱい快楽が、乳首からじんじんと体に広がる。

弾け、嬲《なぶ》れ、押せ、またこねろ、と次々命令されるたび、嫌なのに、それを実行してしまう。そしてその命令が簡単に比呂の快楽を引き出し、ただ乳首を弄っているだけで、比呂の息は浅くなり、甘い声が止まらなくなる。

「い、いや、だ……あっ、あ……んぅ、んっ、やぁ……っ」

『なにがいやだと？　見てみろ。貴様の男は、濡《ぬ》れているぞ』

比呂は眼を見開いた。足の間に性器が持ち上がり、白い布が濡れて透け、うっすらと桃色が見える。それを狗神に、金色の眼で眺められている。

——羞恥《しゅうち》が脳を貫いた。

(いやだ、こんなやつに、こんな格好見られて……あっ)

『尻《しり》を揺らしてみろ』

命じられ、きゅうっと体の芯《しん》が締まる。気がつくと、腰が小刻みに揺れていた。

「あ、い、いや、あ……、あ、あ」

狗神の眼が舐《な》めるように比呂の顔を、乳首を、勃起《ぼっき》している性器を見ていく。

「い、いや……あ、あ、あ、だ、ダメ」

『いやではない、いい、だろう？　いいと言え。気持ちがいいとな』

「……あ、いい、い、い……ん、あ、気持ち、いい……っ、気持ちい……っ」

本意ではない言葉を言わされ、比呂は涙ぐんだ。恥ずかしくて死にそうだ。けれど口では、いい、いい、という言葉が漏《も》れ続ける。

『性器を布に、擦《こす》りつけろ。私は寛大だ、達することを許してやろう』

「あっ、あ、い、い……！　あ……っ」

比呂は声を殺した。狗神から許されて、比呂は勃《た》った性器を濡れた下着に擦りつけるように腰を浮かしていた。激しく尻を振り、瞬く間に昇り詰める。

「あー……っ」

白濁で、下着がぐっしょりと濡れる、それでも、まだ乳首を弄る手は止めてもらえない。狗神が喉を鳴らす。嗤われているのかもしれない、と思った。

「も、もう、いいだろ、やめ、やめろ……っ、あ……っ」

『そうだな。それじゃあ、貴様のはしたない性器から、濡れた下着をとってもいいぞ』

「違、そういうことじゃなくて……っ、もう、やめ、あ……」

比呂の手はやっと乳首から離れたけれど、まだひくひくと震えている腰を伝って、ぐしょ濡れの下着にかかった。脱ぐと、達したばかりの性器は、また半分勃っていた。

『……乳首だけで。相当な淫乱だ』

その言葉に辱《はずかし》められ、比呂は真っ赤になって体を震わせる。

『自分の膝の裏を持って、私にいやらしい貴様の孔を見せろ。それから言え』

狗神の眼が、酷薄に比呂を見つめている。どこか、面白がるように――。

『ここに入れてください、旦那様、とな』

（い、いやだ。いやだ。いやだ……っ）

体が震え、比呂は必死に抵抗しようとした。けれど手は少し迷っただけで、もう膝裏に回っている。比呂は股を広げ、足を持ち上げて、昨夜狗神の陵辱《りょうじょく》を受けたばかりの後孔を、その視線にさらしていた。

「あ……こ、ここに……い、いれて、ください」

旦那様――と、最後まで言った瞬間、胸がつぶれたと思った。涙が溢《あふ》れ、ぼろぼろと頬《ほお》をこぼれた。悔しかった。完膚《かんぷ》無きまでに屈服させられて、自分の無力さを思い知った。なぜこんな扱いを受けなければならないのだろう。

自分の態度が無礼だから？　では、神様に抱かれるなんて光栄だと、神様にさらわれるなんてありがたいと、そう言えということか？

（……そんなの、俺の本心じゃないのに？）

どうせ抱かれるのなら、せめて相手が人間ならまだいい。いや、狗神でも、もし、もっと優しく、もっと自分を好きでしてくれるなら――。

『ふん……泣いたところで可愛《かわい》くなどないぞ』

意地の悪い声がし、不意に、比呂の体は自由になった。下腹の紋も今は輝いていない。どうやら狗神の命令は解けたらしい。のろのろと膝を下ろしたあと、泣いている顔を見られたくなくて、比呂はぱっとうつぶせになり、体を丸めて咽《むせ》んだ。

『分かったか、神の私にとって、人間の貴様など、この程度のものだということが』

声をかけられ、比呂は「うるさい」と怒鳴った。涙が止まらなかった。布団に顔を埋める。

「お前なんか、お前なんか……大っ嫌いだ……！」

比呂は昨夜、狗神に犯されたのが——言ってみれば、初体験だった。

高校時代、付き合っていた女の子はいたけれど、山奥に住んでいるうえに祖母の手伝いやアルバイトを優先する比呂はすぐに愛想を尽かされ、深い関係になる前に終わっていた。

比呂はべつに女の子ではないから、初めてを奪われたと言って怒る気はない。強姦されたのはショックだけれど、文字通り、犬に嚙《か》まれたと思って諦《あきら》めもつく。ただ、まるで虫けらのように扱われていることが辛かった。

「俺がお前の伴侶だって言うなら、なんでこんなひどいこと、できるんだよっ？」

泣きながら比呂は振り向き、狗神を睨《にら》みつけた。

「どうせやるなら、優しくするくらいできないのか!?」

狗神は不愉快そうに、眼をすがめた。

『……優しく？　なんのためにだ』

「なんのため？　優しくするのに理由がいるのか？　相手が俺じゃなくても、伴侶なら大事にするべきだし、優しくするのが普通だろ、それが人間だ。俺がお前だったらそうしてる」

『貴様と私を一緒にするな』

「一緒だろ！」

思いあまって、また涙が溢れてきた。溢れた涙が頬をぼろぼろとこぼれていく。

「心があるんだから。お前だって、優しくされたいだろ？　抱きたくないって思われるより、抱きたいって思われてたほうが、ずっといい。お前は違うのかよっ？」

狗神はなにも言わなくなった。不意に雲が晴れ、部屋の中に青白い月の光が射しこんできた。

『抱きたいと言ってほしいのか？』

月光を浴びた狗神の体が、きらめきながら人の姿へと変わっていく。星をちりばめたような銀の髪に、まばゆい金の眼。その瞳をすがめて、狗神が比呂の顎《あご》を長い指で持ち上げてくる。

「お前を抱きたいと、言ってほしいのか？　私に」

匂《にお》いたつような美貌《びぼう》に、息がかかるほど近くで見つめられ、比呂は心臓が高鳴るのを感じた。

「お前を、愛している。お前が必要だと言えば、お前は私を……愛し返すのか？」

人の時の狗神の声は、脳ではなく、耳に響く。ほんの一瞬だけ、狗神の瞳の中にすがるような色が映った。

「……私を愛せるのか？　愛せまい……人とはそんなものだからな」

言い切ると、狗神はどこか怒ったように眉を寄せて比呂を放した。そのまま縁側に出ると、欄干《らんかん》に座って、機嫌を損ねたようにぷいとそっぽを向いてしまった。

「人間とは勝手だ。そして狭量だ。お前は祖母のために神である私にたてつき、十年前には父親のために自分の命を差し出したな。……お前は家族を愛しているらしい。だがその一方で、私のことは愛さない」

比呂は言葉を失い、布団の上に座り込んだまま狗神を見つめた。

(……どうしてそういう話になるんだよ?)

意味が分からないと思いながら、どうしてか文句を言えなかった。黙りこんでいる狗神の横顔が、淋しそうに見えるせいかもしれない。この神は、比呂に愛してほしいのだろうか?

「……お前の言ってる愛がなにか、分かんないけど」

気がつくと、比呂はそう言っていた。

「抱きたいから抱くんだって言われたら、それが嘘でも……どうでもいいって言われるよりは、愛せるかもしれないよ? 人間ってそのくらい、簡単だと思うけど」

「――人間に、もう神は要らんと言ったのは貴様だろうが!」

とたんに怒鳴られ、比呂は身を竦《すく》めた。けれど同時に、胸が詰まるような気がする。自分の言った言葉を、今さらのように後悔した。

アルバイト先の店長に同じことを言われた時、比呂も内心傷ついた。狗神も同じなのかもしれないと、やっぱり、思う。

（俺、矛盾してたかな。心があるからお前も同じって言いながら……）

自分も、間違っていた。そう思うと落ち着かず、比呂は小さな声で「ごめん」と言っていた。一度言うと、申し訳なさが波のように心に押し寄せてきた。

「昼間言ったことは、ごめんな。……お前は要らなくなんてないよ」

最後のほうは確信ではなかった。神様が今の人間にとってどのくらい必要かなんて、比呂には分からないし、実際狗神神社は壊されそうになっている。けれど、比呂は続けた。

「少なくともうちのばあちゃんはお前を必要としてたし、茜と藤もお前が大事みたいだ。だから、昼間言ったことは俺が間違ってた」

ごめん、ともう一度言うと、狗神が眉を寄せて振り返った。

「……それと、神社の祠《ほこら》とか、守れなくてごめんな」

どうしてかつるっと、そんな言葉までこぼれていた。眼を瞠《みは》った狗神に、なんとなく気まずくなりながら「俺が壊したんじゃないけど」とつけ足す。

「ばあちゃんと二人で、神社の土地も売らないよう頑張ってるんだけど……俺なんてなんの力もないから。嫌がらせで祠も壊されてさ。もう壊れたもの……謝っても仕方ないけど」

――そうだ、謝っても仕方がない。

なんだか、比呂は落ち込んできた。狗神のことだけではなく、自分の無力さが、どうしてか身にしみるように感じられた。狗神にしてみても、比呂を帰せないのには事情があるのかもし[redacted]

れず、祖母の具合の悪さが重なったのはただの偶然なのかもしれない。

（そもそも、もっと俺が大人で、人並みに稼げてたら、こんなことになってない……）

考えないようにしてきた自責の気持ちが浮かび、唇を噛む。その時、「お前の祖母だが」と、狗神が言った。

「病院には運ばれた」

言われた言葉に、比呂は眼を瞠った。

祖母が、病院にいる？　——本当に？

比呂は我を忘れ、ほとんど裸のまま、狗神の着物の裾にすがりついていた。

「い、生きてるのかっ？」

そんな比呂に、狗神が眉を寄せて身じろぎ、「たぶん」と頷《うなず》く。その眼には、うさんくさいものを見るような戸惑いの色があるけれど、比呂はそれさえ気づかなかった。

「じゃあ、病状は？　元気なのかっ？」

「そこまで知らん！　私の神域からははずれている。見ていない！」

狗神から不機嫌そうに腕を払われて、比呂はようやく自分が狗神にしがみついていたことに気がついた。慌てて離れながら、体からはすーっと緊張が抜けていった。その場にへなへなと座り込む。

「あ……ありがとう」

安堵《あんど》の吐息と一緒に呟《つぶや》いたら、どうしてか目尻に涙がにじんだ。祖母が生きていると言われて、ホッとしたのもある。けれどそれは昼間、藤が比呂のお願いをきいてくれた時の気持ちとも似ていた。

（狗神が俺の話を、初めて、きいてくれた……？）

初めて、狗神の心に触れたような気がした。どうしてか、それに安心している自分がいる。

「……貴様は私が、恐ろしくはないのか？」

ふと訊《き》かれて顔を上げると、狗神はどこかふてくされたような、それでいて戸惑っているような顔をしている。やがて欄干から下りた狗神が、屈《かが》んで比呂の膝裏に手を入れてきた。不意に軽々と抱き上げられて、比呂はびっくりする。

驚いているうちに布団に下ろされ、組み敷かれてしまう。けれどその仕草があまり乱暴ではなかったから、比呂はどうしてか抵抗できなかった。月光に照らされた狗神は美しく、目眩《めまい》がするほど魅惑的で、見つめられるとわけもなく心臓が高鳴った。

「続きをするぞ。……感謝して抱かれろ」

傲慢な言葉。けれど声は、腰に響くように甘い。そうすると、言葉の傲慢ささえ子どもが他に言い方を知らず、威張っているだけのように聞こえてくる。

それは祖母の無事を聞いたせいなのか、それとも、

（お前、傷ついたの？　……人間がお前を忘れちゃったから）

ふと、そんなふうに思ったせいなのか、比呂は今、抵抗せずに狗神を受け入れてもいいような気さえしていた。

(どうせ抱かれるんだし)

と思ったのは、自分への言い訳もあったかもしれない。

「……痛くないように、してくれるなら、いいけど」

小さな声で精一杯強がると、狗神が、傲慢に口を歪《ゆが》めて笑む。

「この私に命じるのか。……人間ごときが」

言葉は相変わらず尊大だったが、そのあと、狗神は比呂の後孔を指を使って丹念にほぐしてくれた。入れられてもなんとか耐えられ、揺さぶられて吐精されている間、比呂はふと思った。

――お前を、愛している。お前が必要だと言えば、お前は私を……愛せるのか……?

そう訊かれた時、もしも自分が愛し返すと言っていたなら。

……狗神は、どう答えていたのだろう?　と。


「旦那様がそう仰《おつしや》ったのですか?　つまり、お祖母《ばあ》様は無事だと」

「うん。自分の神域じゃない病院にいるって。藤だったら、どこか分かる?」

狗神の屋敷へ連れてこられて二日め。

比呂は朝食が終わったあと、藤に昨夜のことを話してみた。祖母が生きていると聞いたことを伝えると、茶を淹《い》れていた藤は眼を瞠ったまましばらく止まっていた。比呂が「藤？」と声をかけて、やっと我に返ったようだ。

「すみません。旦那様がそんなことをと……意外でしたので。そうですか、それで……」

藤はホウッとため息をつき、頬に手を当てて庭のほうを見やっている。今日の天気は快晴とまでは行かないが、時折淡い日の光が射しこんでくるくらいの、暖かな陽気だ。

「なるほど、あの旦那様がねえ……そうですか、それはそれは」

「なに？　なんか変なの？」

しきりと頷いている藤に、思わず比呂は眉を寄せたが、藤は満足そうににっこりしただけだ。

「旦那様がお祖母様の病状をご存じないということは、べつの神の御領だからかもしれません。病院を調べてみましょう。ご無事だと、いいのですが……」

藤は少し心配そうだったが、引き受けてもらえた分比呂はホッとした。

藤いわく、他の神々の土地で狗神の力を使うのは、神々同士の取り決め上面倒なのだという。

「町には神社が多いでしょう。ああいうところの神は、大体が狭い領域を分け合って暮らしていますし、大きな神のお使いがいるだけのことが多いので、神気も小さく、一山を領地とする旦那様のように大きな神気を感じると、怒る神もいるのです」

比呂もなんとなく知っているが、町にある神社の大半は、本社がべつにあり、分社として置かれているものが多い。神様自体は本社にいることが多く、分社にいるのは狗神にとっての藤のような、眷属《けんぞく》、使いばかりだという。

そのため狗神の神気は彼らには強すぎ、もし町に出る場合は、先に申し入れをするなりしておくものらしい。勝手に千里眼を使って通し見するのも無礼にあたるそうだ。

「私のようなお使いは、神気も小さなものですので、町の神々も気にしませんが」

「基本的に、神様は自分の神域を出ないってこと？」

「いえ、出ようと思えば出られますよ。逆に神域を持たぬ神もいます」

「そもそも、神域ってどうやって決まるもんなの？」

訊くと、藤は「神の本体がある場所一帯が神域ですよ」と教えてくれた。

「そういう場所には神社が建てられます。神社がなければ信仰が廃《すた》れて、神気は小さくなりますね。神の力は人々の信仰から得られるものですから……人の信仰がないということは、それだけ死に近づくということです」

言ったあと、藤は眼を細め「それにしても」とため息をついた。

「旦那様は、もしかしたら……比呂様を、思いの外気に入ってらっしゃるのかもしれませんね」

言われた言葉が意外すぎて、比呂は一瞬言葉を失った。そのあとに、思わず「はあっ？」と素《す》っ頓狂《とんきょう》な声を出してしまう。

「なに言ってんの、お前。そんなわけないだろ」

反論したものの、藤にニコニコされて、比呂は頬が赤らんでくるのを感じた。これは藤の戯《ざ》れ言《ごと》で、なんの根拠もない。なにしろ昨夜だって、当初の狗神の態度ときたら最悪だった。命令され、いやらしいことをさせられたし、泣いたところを見て可愛くないと暴言を吐かれた。

とはいえ――自分を愛せるのか、と訊いてきた狗神の言葉を思い出すと、なぜか比呂の胸は小さく痛む。伴侶になることなどまったく納得していないが、もし狗神の事情が分かったら、互いに納得しあえる道が見つかるのだろうか、とも思う。そうなれば、狗神は自分を必要としてくれるのかもしれない。

(いやいや、俺はあいつに必要とされたいわけじゃないけど)

真名《まな》を当てて、帰れるものなら帰りたい。そのはずなのだ。

「おや、旦那様ではありませんか。お昼間にお渡りとは珍しいことです」

と、その時藤が、どこかからかうような声を出した。顔をあげた比呂は、縁側に狼姿の狗神がいたので、びっくりした。九つの尾を小さく揺らし、狗神はなにやら神妙そうな面持ちで、じっと立っている。一体なんの用なのだか、部屋のほうには入って来ようとしない。

「……なに？　お前、どうしたの？」

昼に訪ねて来られるとは思っていなかったから、つい訊く声が上擦《うわず》った。すると、狗神はすねたように眼を細めた。藤は「用がありますので」と、さっさと立ち上がって行ってしまい、狗神と二人にされた比呂は、内心困ってしまった。

（なんだよ。なにしに来たんだよ）

眉を寄せて見ていると、狗神は大きな耳を落ち着きなくぴくぴくと動かし、やがて『べつに』と言ってきた。

『べつに、用ではない。ただ、痛くないのかと思っただけだ』

「痛く？　なにが？」

ますます意味が分からず、困惑する。だんだん警戒心も出てきて、顔をしかめていると、狗神のほうも眉間《みけん》に皺《しわ》を寄せてくる。

『貴様は藤とは楽しそうに話すくせに、私にはなぜそんな顔しかしない？』

「はあ？」

なんの言いがかりだろう、と比呂は思った。不機嫌そうな狗神の様子に、やっぱり藤が言っていたような「狗神が比呂を気に入っている」なんてことは、ありえないだろうと感じる。

「お前の態度が悪いからだろ。なんだよ、急にやって来て、用もないのに因縁だけつけて」

『因縁だと!?　貴様が昨夜、痛くするなと言ったから、様子を見に来ただけではないか！』

とたん、比呂の頭の中に怒号が響き渡った。その勢いにびくりと肩を竦めるや、狗神は腹を立てたように踵《きびす》を返してしまっていた。

（痛くするな？　昨夜、俺が言った……？）

片耳を押さえながら、比呂はふと思い出した。昨夜の情事の際、比呂は狗神に、痛くしないなら抱いていいと言ったのだった。思いついた瞬間、つい「あっ」と声を出していた。

「もしかして、心配になって訊きにきてくれたの？」

去ろうとしている狗神に声をかけるなり、『心配なぞ、しておらん！』と、またもや怒鳴られてしまった。そのまま、狗神はすうっと消え去り、比呂は一人残されて（なんだよ）と頰を膨《ふく》らませた。

（可愛くないやつ！）

と、腹も立つけれど、

（やっぱり、心配してくれたんだろ？）

そう思うと、なぜかだんだんおかしいような、それでいて胸の奥が緩むような、不思議な気持ちになった。耳に、藤の言葉が返ってくる。

――旦那様は、もしかしたら……比呂様を、気に入っていらっしゃるかも。

（まさか）

あるはずがない、と思いながら、どこかでは、そうなのかな？　と思う自分がいた。

（あいつ、俺のこと、思ったより気にかけてくれてるのかも……）

どうしてか嬉《うれ》しい気持ちがこみあげてくる。気がつくと比呂は一人で小さく笑っていた。

四

その日の夕方。

藤《ふじ》と一緒に部屋にいた比呂《ひろ》は、縁側から聞こえてきた細い叫び声に、慌てて立ち上がった。飛び出した比呂の胸には、半べそをかいた茜《あかね》が抱きついてくる。

「比呂さま、来ちゃだめ！　変なのがいます！」

「変なの……？」

蛇かなにかだろうか、と顔を上げた比呂はドキリとして固まった。

縁側に、一人の男が立っていたのだ。ノーネクタイのシャツに、黒いカジュアルスーツの上下。垂れがちの黒眼に、通った鼻筋。端整な面立ちに眼鏡《めがね》をかけ、無造作に伸ばした黒髪をちょこんと結っている。背は狗神《いぬがみ》ほどではないが高いほうで、体も厚い。

(だ、誰だ？)

比呂は不審に思い、茜をきゅっと抱きしめた。茜が喉の奥で、男に向かって唸る。

「ハハハ、変なのとはひどいねえ。そう怯《おび》えるなよ、怪しいもんじゃないって」

男はニヤニヤ笑うと、革靴をぽいっと脱ぎ、縁側に上ってきた。茜が警戒しているということは、この屋敷の人間じゃないのだろう。それにしてもどこから入ってきたのか、と比呂は眉を寄せた。

「八咫《やた》の神……！」

と、後ろにいた藤が、半分焦ったような、怒ったような顔で呟いた。

（やたのかみ？　この人も、神？）

八咫の神と呼ばれた男は、藤を見て眼を細めている。

「よう、藤。五十年ぶりか？　相変わらず眼福な姿だねえ」

「なにを勝手に入ってきているのですか。旦那様の許しも得ず」

「そう言うなよ。五十年前に助けてやったろ？　俺は今、困ってるんだよ。そこの小さいのは昔、赤ん坊だった子狼かな？」

顔を覗《のぞ》き込まれた茜は耳も尻尾《しっぽ》も逆立て、比呂に摑まってぶるぶると震えていたが、八咫の神のほうはニヤニヤと面白がっているようだった。

「で、こっちが……狗神の新しい伴侶かい？」

視線を移され、比呂はぎくりと硬直した。八咫の神の眼の中に、一瞬だけ値踏みするような色が映った。けれどすぐ、愛想良くにっこりと笑われる。

「狗神の神気が衰えたから心配してたが、伴侶ができたなら持ち直すな。生意気そうでなかなか可愛いじゃないか……」

八咫の神が比呂に指を伸ばしたとたん、茜が「比呂さまにさわるな！」と、怒鳴り、藤が「やめなさい、茜」と注意する。八咫の神がそれに、大声で「ハハハ！」と笑った。

（……なんだろ、こいつ。同じ神でも、狗神とは全然違う）

ひょうひょうとしておどけた様子が、人間くさくて、一見してあまり怖くはない。

「それで、一体なんの用なんです」

渋々という顔で訊いた藤に、八咫の神が「実はもう一人客があってな」と振り向いた。と、どこかからか風が吹いていて、森の匂いが濃くなった。いつの間にやら、狼姿の狗神が、こちらへ近づいてくるところだった。

『なにをしに来たのだ、八咫』

狗神は比呂と八咫の神の間に入るようにして、前に出てきた。背中に庇《かば》われて、比呂は少し驚いた。八咫のほうはなにを思ったのか、面白そうに眼を瞠っている。

「伴侶がいるから思ったより元気……かと思ったら、そうでもないねえ、その姿のままとは、お前さん、真名をなくしたってのは本当らしいな」

八咫の神が言うと、狗神はイライラと眼を細めた。

『私を愚弄《ぐろう》しにきたのなら、貴様ごとき、殺せる程度の力は残っているぞ』

「なんだ、怒るなよ。気づいてるだろ？　こないだまで俺は熊の神のところにいたんだが、ちょっと怒らせちまってね。追われてるんだよ、お前さんとこで匿《かくま》ってくれ」

「どうせまた、なにか悪さなさったんでしょう。自業自得です」

横から藤が言ったが、八咫は勘弁してくれ、とおどけている。

「ほんの二、三日だよ。このまま外に出たら、熊のやつに見つかって殺されちまう。それにほら、お前さんにも関係あることだよ、狗神」

と言って、八咫の神はちらりと背後に眼を走らせた。その時、庭のほうから「狗神様……」という声が聞こえてきた。思わず見ると、そこにはもう一人、見知らぬ男が立っていた。

すっきりした細身の体に、女性的な面立ち。黒髪に黒眼で、睫《まつげ》毛は長く、肌の色は抜けるように白い。背は比呂と同じくらいだが、首が細く色気がある。なんといっても、着ている着物は女物の、それも緋襦袢《ひじゅばん》で、やたらと艶《つや》っぽい。

比呂の後ろで藤が驚いたように息を呑み、狗神も眼をしばたたく。

『鈴弥《すずや》か……』

狗神が言ったとたん、鈴弥と呼ばれた男が、涙ぐむように眼を潤ませた。

「狗神様……っ、旦那様、お久しゅうございます」

比呂はぎょっとなった。鈴弥が突然縁側にのぼってくると、狗神の首にひしと抱きついたのだ。狗神も怖い顔をするでもなく、眼を細めただけで、ふりほどかない。普段比呂に浴びせるような罵声《ばせい》もない。一体全体、この鈴弥という男は狗神とどういう関係なのだろう——。比呂

が眼を白黒させていると、鈴弥は狗神の金の眼を覗き込み、訴えるように言った。

「八咫に頼んで、熊の神のところから逃げてまいりました……五十年前のように……どうぞ、鈴を狗神様の伴侶に……妻にしてくださいまし」

藤が嫌そうに眉を寄せたが、連れてきた八咫の神は笑っているだけだ。茜は意味が分からないらしく、困惑したようにきょろきょろし、狗神は黙り込んでいる。

比呂は、わけが分からずに呆気《あっけ》にとられていた。

（五十年前？　伴侶？　……妻!?）

「そういうわけだよ、狗神。新しい伴侶はいるようだが、お前もそんな姿だ。一人くらいじゃ足らんだろ？　な、五十年前は助けてやったろ？　鈴を養ってやってくれって」

八咫の神に言われ、狗神はようやく『鈴弥、放せ』と言った。しかしその声はなんというか、比呂に対する時の尊大さや傲慢さはほとんどなく、比呂はなぜだかムカムカしてきた。

そのうえ、狗神は藤に『部屋を用意してやれ』と言う。八咫の神が「さすが、我が友人殿」と笑い、鈴弥のほうも「旦那様、ありがとうございます」と頭を下げている。藤は怒っているようで、「悪事を働くようでしたら、すぐに追い出していただきますからね」と踵を返し、二人を部屋に案内する。八咫の神が「悪いねえ」と言いながら、比呂を振り返った。

「新しいお嫁さん。仲良くしような」

八咫の神についていく鈴弥には、ちらっと見られただけで、つまらなさそうに顔を背けられた。それがどうしてかバカにされているような気がして、比呂は嫌な気持ちになった。

『おい貴様、あの八咫の神とは二人きりになるな。鈴弥ともだ。余計なことは聞くなよ』

二人がいなくなったとたん、狗神に決めつけられ、比呂は眉を寄せた。

「余計なことってなんだよ？　なんかやましいことでもあんの？　ていうか、また妻にしてってどういうこと？　あの鈴弥って人、人間？　お前他にも伴侶いたの？」

矢継ぎ早に訊くと、『ごちゃごちゃうるさい！』と怒鳴られて、比呂はますますムッとした。

『おとなしくしていろ、ちょろちょろと動かれては目障りだ、部屋からは出るな！』

それだけ言って狗神は縁側の向こうへと跳躍し、いなくなってしまった。比呂は理不尽な怒りを感じた。なんだか、狗神の言うことは勝手な気がする。少しくらい、比呂の質問に答えてくれてもいいではないか。

（なんだよ、さっきの鈴弥って人にはあんな口きかなかったくせに！）

はっきり言って面白くなかったが、八咫の神と鈴弥を案内し終えた藤にも、戻ってくるなり、

「いいえ、旦那様の言うとおりです。八咫の神と鈴様とは絶対に親しくなさらないでくださいまし。しばらくは、一人で部屋の外にはお出になってはなりませぬ」

と、注意された。

「なんで？　八咫の神って悪いヤツじゃなさそうだし、鈴弥って人は、もしかして人間なの？」

そう言うと、藤はなんだか落ち着きのない様子になった。

「八咫の神は、神域を持たない放浪の神なのです。あちこちの神域に逗留《とうりゅう》したり、人に交じったりして暮らしております。要領がいいというか……悪い神ではないですが、いい神でもない」

「あの人たちきらい。なんだかうそつきのにおいがします」

茜は八咫の神たちがいなくなると子ども返りしてしまい、比呂にぎゅっと抱きついたままだった。いつもぴんと立った耳は、まだ怯えて垂れている。藤がそんな茜を見て、呆《あき》れたため息をつく。しかし比呂は、八咫の神にはさほど興味がなかった。それよりも、鈴弥だ。

「鈴弥って人は、狗神に、五十年前みたいに伴侶にしてって言ってたけど？」

けれどそう訊くと、藤に「とにかく」と疑問を遮られた。

「あの者たちには、近いうちに出て行ってもらいますから。比呂様はなにも気になさらず」

藤の口調はぴしゃりとしていて、とりつく島もない。

こういう時の藤はどうやっても口を割らなくなる。とりあえずそれ以上詮索《せんさく》するのは諦めたものの、結局祖母の話もまたあとで、となってしまい、比呂はくさくさした。

けれどそのうちに、あることに気がついた。鈴弥という男が昔狗神の伴侶だったことがあるのなら——。

（もしかして、あの人、狗神の真名を知ってるんじゃないのか……？）

真名を当てたから狗神の伴侶をやめられたのでは？　それなら、彼に訊けば自分も里に戻れるだろうか？

（いや、だとしても五十年前って……見た目、俺と変わらないのに？　それに熊の神のところにいたとかなんとか……）

考えていると、疑問で頭がごちゃごちゃして、なにがなにやら分からなくなってきた。

日が落ちた頃、部屋でぼんやりしていると「やあ、嫁さん。ちょっといいかな」と、呑気《のんき》な声がした。見ると、いつの間にやら部屋の入り口に八咫の神が立っていた。その後ろには鈴弥もいる。ちょうど夕餉《ゆうげ》の膳を運んできていた藤が真っ赤になり、「なにを勝手に入ってきているのです！」と怒鳴った。

「まあまあ、藤。酒と食い物を持ってきたんだ。熊のところから失敬してきたやつだ、美味《うま》いぞ。どうだ、みんなで宴会しよう」

八咫は手に、日本酒の一升瓶《しょうびん》を持っていた。後ろにいる鈴弥も、なにやら漆塗りのお重を抱えている。けれど藤はそれを見ると、怒ったようにわなわなと震えだした。

「鈴様だけじゃなく、酒や食べ物まで盗んできたのですか!?　なんと厚かましい、さっさと殺されてしまえばよかったのに！」

「ひどいなあ、藤。嫁さん、こいつは昔から俺に冷たいんだよ」

八咫の神はひょうひょうとした様子だ。茜はまた警戒して、比呂の腰にしがみついているし、比呂はどう対応していいのか分からず黙っていた。つまらなさそうに眺められると、やはりいい気はしなかった。が、八咫の神の背後で同じように黙っている鈴弥と、眼が合った。

「鈴様も、落ち着かれる気がないのなら熊の神のような面倒なところへなぜ嫁ぐのです」

藤がそう話しかけると、鈴弥は悪びれた風もなく「藤には関係ないじゃないか」と、白けた様子だった。藤が眉をひそめ、「相変わらず可愛げのない方」と厭味《いやみ》を言った。とたん鈴弥が藤を睨んだので、その場の空気がぴりぴりとする。

(な……なんだろうなあ、この雰囲気)

一人蚊帳《かや》の外の比呂は、居心地悪くなる。

とはいえ、これはチャンスかもしれない。鈴弥と狗神の関係も気になるし、鈴弥が狗神の真名を知っているなら聞き出したい。

「藤、いいんじゃないか。酒を飲むくらい……」

幸い比呂ももう、未成年ではない。そう切り出すや、

「お、話の分かる嫁さんだ。そうこなくちゃ」

八咫の神が嬉しそうに声をあげ、ずかずかと部屋の中に入ってきて、比呂の隣にどかりと腰を下ろしてしまった。鈴弥のほうはそれを見ると一瞬眉をひそめたが、しずしずとついてきて、

比呂の斜め横に腰を下ろし、重箱を広げる。

中には海鮮のちらし、それから巻き玉子やお煮染め、佃煮《つくだに》などが彩りよく並んでいて、美味《おい》しそうだ。怯えていた茜も、ぴくぴくと耳を動かし、珍しそうにお重の中を見ている。

「藤、旦那様も呼んで。もうすぐ月も出る頃、月明かりがあれば人の姿もとれるだろ？」

と、鈴弥が藤を見やる。それにしても今日来たばかりで、狗神を旦那様と呼ぶ鈴弥に、やはり比呂は気持ちがざわざわした。眼をつり上げて怒っていた藤が、無言で部屋を出て行き、しばらくして狼姿の狗神と戻ってきた。

『八咫、貴様つけあがるなよ、勝手に私の伴侶の部屋へあがるな！』

狗神は怒っていた。それなのに鈴弥が「旦那様」と悲しそうな声を出すなり、黙ってしまう。

「どうぞ堪忍してくださいまし、八咫がどうしてもと言いますもので……」

さっきまでつまらなさそうにしていた鈴弥が、急にいそいそと立ち上がって狗神を部屋へ引き入れたので、比呂はびっくりした。狗神のほうもなにやら言葉に詰まったように、眉間に皺を寄せてはいるが、鈴弥に促されて座らされている。

（なんだよそれ……）

比呂は呆れた。自分には傲慢な狗神が、鈴弥には言いなりになっている。たしかに鈴弥はきれいだが、それだけでこうも態度に差をつけられるのかと、いじけてくる。

「鈴様は本当に心にもないことばかり」

藤が呟いて比呂の隣に座り、「なぜあなたはご自分の伴侶を甘やかすのです」と八咫を睨んだが、八咫の神は肩を竦めただけだった。

「よし、せっかくだから、鴉《からす》の神が皆々様にとっておきの芸を披露《ひろう》しましょうぞ」

不意に八咫の神が声を張り上げ、手を掲げてぽん、と打った。とたん、部屋に点っていた明かりが消え、月の光がいっぱいに射しこんでくる。白々とした光のつぶてが空にいくつも浮き上がったかと思うと、それは艶やかな芸妓へと変わった。それも一人ではなく、二十人ほどもいる。みな、三日月型の笑ったような眼に、小さな赤い唇の、同じ顔をした美女たちだ。彼女らは杯を配り、酌《しゃく》をして歩く。どこからか三味線や笛の音が聞こえ、見ると、縁側に楽器を持った老人たちが並んで演奏しており、芸妓たちが長い袖《そで》を振り、扇子《せんす》を使って舞いはじめる。部屋中むっとするほどの甘い香りに包まれていた。

「……これ、なに？　幻？」

比呂が思わず訊くと、八咫の神が「幻想は俺の得意技さ」と笑った。

幻は美しかった。月明かりに照らされた花びらが、きらきらと部屋に舞い込んでくる。ふと見ると、狗神も人姿になっていた。むっつりした顔で、けれど隣に寄り添った鈴弥から、酌を受けている。その様子に、また、比呂はもやもやした。

「悪かったなあ、突然鈴を連れてきて。でもそう、睨まんでやってくれ。熊の神のところには伴侶が八人もいてな、あいつがどうしても連れていけと言うから……」

「に、睨んでなんかないけど」

隣から八咫に耳打ちされ、比呂は慌てて否定した。ちらっと狗神のほうを見ると、狗神もまた、比呂を見ていた。眉を寄せ、なんだかイライラしている様子だが、なにに腹を立てているのだか、比呂には分からない。藤は諦めた様子で、茜を呼びつけて自分のそばに座らせている。

八咫の神の出した幻の女たちが、部屋の中をうつろな笑い声で満たしている。

「ふふん、狗のやつ、こっちをちらちら見ているな。お前さんが、よほど可愛いんだねえ」

八咫は楽しげに言い、比呂は杯を渡された。

(可愛い？)

まさか。杯に酒を注がれ、ためらいながら一口だけ飲むと、喉が焼けるように強い酒だった。

「やっぱりいいね、どこの家でも伴侶と飲む酒は」

八咫は飲むほどに饒舌《じょうぜつ》になり、狗神の神域のさらに奥地を支配するのが熊の神という神であることや、その熊の神は頭は良くないが、八人の伴侶を娶《めと》っているので力が強いこと、人里と交わるのも面白いが、もし神域に逗留するなら賑《にぎ》やかなほうがいい、などと話してくれた。

「……鈴弥って人、昔狗神の伴侶だったの？　人間ってこと？」

しばらくして、比呂は藤に聞こえないよう、小さな声で、八咫の神に訊いてみた。すると八咫は、ニヤニヤと比呂を見下ろしてくる。

「気になるか？　あれは一応、俺の伴侶だよ」

比呂は眼をしばたたいた。鈴弥が——八咫の神の伴侶？

「三百年ほど前は、あんたと同じで里神の伴侶にされててな。逃げたいと言うから、俺の伴侶にして連れ出した」

眼を丸くしている比呂に、八咫の神は「俺は神域をもたんからな」と付け加えた。

「伴侶を連れて歩くと面倒だ、それで鈴はここ二百年ほど、あちこちに預けてるんだ。だが我《わ》が儘《まま》なやつで、どうにも、すぐに飽きちまうんでね。そのたび連れ出すのさ」

「……五十年前は、狗神に預けてたってこと？」

訊くと、八咫にはあっさり「そうだよ」と頷かれてしまい、比呂は少しショックを受けた。なんとなく予想していたのに、なんだか釈然としない気持ちだった。

「といっても、その頃の狗神は里からごっそり人がいなくなったせいで、神気が薄れてな。当時はこの屋敷いっぱいに眷属がいた。それらを野の狼に戻すにも力が要る。それでしばらく、鈴弥を貸してやっただけだ。一月ほどで離縁したよ」

五十年前といえば、ちょうど、里の過疎化が進み、祭もなくなった頃のことだ。八咫の話には信憑性《しんぴょう》がある。

（それじゃ鈴弥のほうは、狗神に未練があって、戻ってきたとか？）

それにしても離縁したのが狗神からというのが本当なら、鈴弥は真名を当てたわけではない。真名を知らない可能性も出てきてしまった。と、藤が落ち着かない顔で、「八咫の神」と声をかけてきた。

「あまり比呂様に近づいて、妙なことを教えてくださいますな。あなたの今のご伴侶は鈴様でしょう。我が家は比呂様の他、ご伴侶は不要です」

「鈴は狗神がいいらしいから、ここに置いていくさ。二人も要らないなら、どうだ、鈴とこの子を交換しないか」

とんでもないことを言い出した八咫の神に、藤が眼を剝《む》き、茜が耳を寝かして震えた。

と、それまで黙っていた狗神が「八咫」と低い声を出した。

「貴様、これ以上戯れ言を言うなら追い出すぞ」

言われた八咫の神はニヤけたまま「べつに問題ないだろう」と肩を竦めた。

「鈴はここにいたいようだが、こっちの子は外に行きたいんじゃないか？　つい最近連れてきたばかりなら、里心もあるだろ」

比呂はハッとした。そうか——放浪している八咫の神が相手なら、里に行くこともできるのかもしれない、と気がつく。それなら、祖母のことも分かる。とはいえ……。

「……あのさ、なんで俺が物みたいに交換されなきゃいけないんだ？」

気がつくと、比呂はそう言っていた。なんとなく、言われ方が気に入らなかった。

「俺の好みっていうのもあるだろ、人間は神様の持ち物じゃないぞ」

一瞬、八咫の神がぽかんとする。比呂の物言いに慣れたらしい狗神は普通だったが、鈴弥も眼を瞠っている。と、八咫の神が声をあげて笑い出した。

「面白い子だなあ、狗神！　神に向かって好みだと！　俺はこの子が気に入ったな」

八咫の神に肩を抱かれ、ぐらぐらと揺さぶられて、比呂は急に飲んでいた酒が回ってきた。

鈴弥はそんな比呂を見て、眉をひそめている。なにを思っているのか、その眼には比呂に対する嫉妬《しっと》のような怒りが浮かんでいた。不意に、狗神が杯を置いて、立ち上がった。

「もういいだろう、八咫。そろそろ白けた。座を開け」

八咫の神は「これから面白くなるのになあ」と言いながらも、一応聞き入れることにしたようだ。八咫が手を叩《たた》くや、幻の芸妓も奏者も、空気に溶けるようにして消えていく。藤が不機嫌な顔で後片付けをはじめる。

「……比呂くんと言ったか。なあ、神にとって一番の伴侶の条件がなにか、教えてやろうか」

ふとその時耳元で言われ、比呂は酒に赤らんだ顔で、八咫の神を振り向いた。

「深情けの相手だよ。……たとえば、神の『かわり身』になってくれるような……」

「八咫。黙れ。もう行け」

そこで狗神が、八咫の神の話を遮った。見ると、狗神は苦い表情をしていた。八咫の神は面白がるような顔をして、鈴弥を連れて出て行く。

（かわり身……？）

それはどういうものだろう、と比呂は思う。

（八咫の神なら、狗神の真名も知ってるのかな？）

もう少しいろいろと訊いてみたかった。けれど酔いで眼の前がくらくらし、比呂は気がつくとその場に寝そべっていた。

だんだん遠のいていく意識の向こうで、狗神が藤に言っている。

「鴉のやつがベタベタ触っていたのに、なぜお前は阻止できんのだ」

藤のほうも黙ってはおらず、「さっさと追い出せばよろしいでしょう」と怒っていた。

「私と八咫の神では神格が違います。いかに腹立たしくともなにもできませぬ。旦那様が一喝してやればよろしいのです、私のものに触るな、と」

藤が呆れたようにため息をつく。

「それに鈴様の好きにさせて。比呂様に申し訳ないと思いませぬか。早く出て行かせてくださいまし」

「うるさい、仕方がないだろう、五十年前の約束だ……」

狗神が、イライラと舌を打っている。しかし比呂は、

（鈴弥って人のこと、追い出したくないだけなんだろ……）

夢うつつにムカムカしながら、寝息をたてて眠りに落ちていった。

——嫁さん、嫁さん。こちらにおいで。

どこかからか声がする。誰の声だろう……？

比呂は寝返りを打ち、ゆっくりと眼を開けた。あたりはとっぷりと夜も更け、青白い月の光がやわやわと室内に射しこんでいる。

起き上がると、誰もいない部屋に一人、寝ていた。着物は着替えさせられ、浴衣だった。

障子が開けっぱなしで、外の風景が見えている。その時、闇の中をゆらゆらと通っていくぼんぼりの光を見て、比呂はなんとなく立ち上がり、縁側へ出た。

——嫁さん、嫁さん。こちらにおいで。

また、不思議な声がする。あたりを見回した比呂は、驚いた。

暗い縁側の先に、見たこともない橋が見えたのだ。いつもなら、そこにはまっすぐな縁が続いているだけ。ところが今は、古い鏡に映されたようにやや歪んだ像ながら、たしかに橋がかかっていて、その先にはまた別の棟が見えていた。

もう一度ぼんぼりのほうを見ると、どこへ行ったのかもうなくなっていた。

（……どういうこと？）

一瞬迷ったが、比呂はおそるおそる、橋のほうへと歩いて行ってみた。幻かとも思ったが、橋は渡れた。けれど渡りきって振り返ると、もう橋はなくなっており、比呂が先ほどまでいた部屋がずいぶん遠くに見えている。

今比呂が立っているのは、見知らぬ庭だった。

大きな楠《くすのき》がいくつも植わっていて、葉と葉の間から月の光が漏れてくる。きょろきょろしていたら、また、遠くのほうにぼんぼりの明かりが見えたので、比呂は誘われるようにそちらのほうへ歩いていった。

すると、風にのって「狗神様」という声が聞こえてきて、比呂は咄嗟《とっさ》に木の陰に隠れる。そっと顔を出したら、池端に人姿の狗神が、鈴弥と二人でいるのが見え、比呂は驚き息を呑んだ。

（な、なんで二人で会ってるんだよ？）

二人はなにか話している。思わず耳を澄ますと、うっすらとだが声が聞こえてきた。

「普段はあんな獣のお姿だなんて、お労《いたわ》しいこと……こんなにお美しくていらっしゃるのに」

鈴弥は悲しそうな声を出し、眼を潤ませて狗神を見つめている。狗神のほうは腕組みし、まるで鈴弥の扱いに困っているかのように、眉間に皺を寄せたまま黙り込んでいた。

「あの、比呂とかいう伴侶では、狗神様への気持ちが足らぬのでしょう。鈴ともつがってくださいまし。そう思って、ここまで参ったのですよ」

（比呂とかいう伴侶って、俺のことかよ）

いないところで勝手に引き合いに出されているのは、なんだか嫌だった。ムカムカしたけれど、言われた狗神のほうは、妙に煮え切らず、「そうだな……」と、どっちつかずの返事をしている。それにも、比呂は苛立《いらだ》ってくる。

「……しかし八咫が熊の神を怒らせたのも、お前を連れ去ったからだろう。私もこんな身だ、八咫と行ったらどうだ」

「八咫にはあの比呂とかいうのをやればいい。気に入っていたようだし……」

と、鈴弥はなにやら、口にするのも嫌そうに言っている。

比呂はムカつき、出て行って文句を言ってやろうかとも思ったが、同時に狗神がなんと答えるのか聞きたい気もして、動けなかった。

ややあって狗神が言ったのは「あれは私の真名を知っているのだ」という言葉だった。

「最後の里人だからな。真名を取り戻すためには、そばに置いておくしかない」

「真名当ての道具ということです?」

鈴弥の問いに、眉をしかめた狗神が、「そんなものだ」と頷く。

「だからまあ……あれのことは放っておけ」

静かに言う狗神の言葉に、比呂は心臓が、どくんと大きな音をたてるのを感じた。

――真名を取り戻すためには、置いておくしかない。

（それだけ？）

――自分は、真名当ての道具？

分かっていたはずのことなのに、どうしてか、ショックを受けている自分がいた。

「では、鈴のことは置いてくださいませんか……？」

鈴弥は妖《あや》しい微笑を浮かべ、男の扱いに慣れた女のように狗神の厚い胸にしなだれかかった。

「五十年前、鈴を抱いてくださった時から変わらない……旦那様は森の匂いがいたしますね」

鈴弥の言葉に、比呂は胸を射貫かれた気がした。

やっぱり、狗神は昔、鈴弥を抱いていたのか。こういう場面を見て、そのことがよりはっきりと分かるや、どうしてなのか動揺し、鼓動が速くなる。

比呂は心臓を押さえつけるように胸に手を当て、それからゆっくり、その場を離れた。二人の姿が見えないくらい離れると、目眩がして足がもつれ、庭の途中で滑って転んだ。起き上がったら、なぜか力がぬけて、比呂はその場に呆然《ぼうぜん》と座り込んだ。

（あいつは……俺のこと、真名当ての道具だって……）

急に眼の前が暗くなった。「なんだ」と思った。がっかりしたというのか、体から、なにか張り合いのようなものが抜けていく感じだった。

（そうだよな。俺は都合がいいから、ここに置かれてるだけなんだった……）

昼間藤から聞いた、「狗神が比呂を気に入っている」というのは、やっぱり間違いだったのだ。そう思うと、昼にほんの少し気遣われただけで、内心浮き立っていた自分がひどく情けなく思えてきた。なぜあの時、ちょっとでも藤の言葉を信じてしまったのだろう。

狗神は今夜、あの鈴弥という男を抱くかもしれない。鈴弥は熊の神を怒らせてまで、狗神のところへ来たのだから、狗神が好きなのだろう。

（狗神も鈴弥のこと、好きなのかな……？）

比呂に対するより柔らかな態度を見ていると、案外好きなのではないだろうか。そう思うと、比呂の胸はなぜかじくじくと痛む。

狗神がどこで誰と、なにをしていても気にしない。関係ない。そう思うのに、今自分はショックを受けている。戸惑っている。戸惑い——そして、傷ついている。

（どうして……俺が傷つくんだ？）

自分でも、わけが分からなかった。頭の中に、昨夜の狗神のことが浮かんだ。自分を愛せるのかと訊いてきた狗神の顔があんまり淋しげで、傷ついているように見えて、比呂はどこかで、愛せると言えばよかった、と思った。愛せるよと言い、そして本当に愛せたら……狗神は変わるのではないか。なんの根拠があったわけでもなく、なんとなくそんなふうに思った。

どうにかして愛せないかと考えた自分が、なんだか滑稽《こっけい》だ。

——人とはそんなもの。

狗神の言葉が、脳裏に弾けて、消えた。人間などに、自分を愛することはできない、と狗神は言った。都合がいいから比呂を置いているだけで、比呂を好きになれないのは、狗神のほうではないのか……。

落ち込みが、もやもやとした鬱屈《うっくつ》に変わりはじめる。

「……かわいそうに。比呂くんはまだ純情だねえ」

不意にその時、頭上からおかしげに笑う声がした。ハッとして振り向いた比呂の視界に、笑みを浮かべた八咫の神が立っていた。

五

「狗神《いぬがみ》と鈴《すず》の姿を見ちまったんだろ？　驚いたかね。かわいそうに」

八咫《やた》の神が眼の前にしゃがみこんでくる。正面から見つめられると、八咫の神の瞳は、夜空よりも深い黒だった。

「……」

比呂《ひろ》は無言で、近づいてきた八咫から顔を背けた。狗神と鈴弥《すずや》の逢い引きを見て座り込んでいるなんて、みっともないところを見られたと思い、恥ずかしかった。八咫はニコニコし「そう照れんでもいいだろ」と肩を竦めている。

「鈴は一応、まだ俺の伴侶だ。俺も相手をとられてる身だ。人間の言葉じゃ、不倫とかいうんだったか、俺たちも傷を舐めあおう」

（変な神様……）

「よし、よし、可愛い子に、なにか一曲弾いてやろう」

そのうちに、八咫はどこからか三味線を一つ取り出し、池端の石に腰掛けてつま弾き始めた。

比呂はなんとなくその場を去れず、八咫が弾く浪曲風の歌を聞く。

――オオガラスの神は善い神様だ、賢く明るく美しい……。

延々オオガラスの神を讃《たた》える、聞いたこともないような曲に、思わず比呂が「それ、なんの曲？」と訊くと、八咫がニヤリと笑い「俺の歌だ。俺が作った、俺を褒《ほ》めている歌」と答え、比呂も呆れてしまうやら、気が抜けるやらだった。

「あんたって……狗神とは大分違うな。狗神は、もっと堅いし……冗談とか言わないし」

いつも尊大で我が儘で――けれどさっきの鈴弥とのやりとりを見ると、それは自分が嫌われているからだろうか？　とも思ってしまう。

「狗には守るものもあるからな。あれは若い神だし、性格だよ」

ひょいと肩を竦められ、比呂はまた、ついさっきの狗神と鈴弥を思い出し憂うつな気持ちになった。黙りこくると、八咫の神が眼を細めて三味線を脇に置いた。

「辛いか？　……あんなものだぞ。一人しか伴侶を持たない神など珍しい。伴侶を持つ神は、大体神気が弱っているからな、何人も持たんと、釣り合いがとれんのだ。一人がよほど深く想ってくれるなら別だが」

狗神も神気が弱っている、と、八咫の神が言う。比呂はふと、連れて来られた初日に見た、狗神の脇腹の傷のことを思い出した。あれからじっくりと見ていないが、あの傷はどうなったのだろう……と思う。治ったのだろうか。

けれどそんなことをちょっとでも心配している自分が、滑稽だ。

「……あいつ、真名さえ俺が当てたら、俺のことはどうでもいいみたい。べつにいいけど……俺も残してきたばあちゃんが心配だし」

ぽつりと言ったその時、比呂は八咫の神に、ぐいと肩を抱き寄せられていた。

「一人だけ愛してほしいなら……俺がそうしてやろうか……？」

耳をくすぐる甘い声。気がつくと、八咫の神の整った顔が、すぐ眼の前にある。顎を摑まれ、眼を覗かれる。八咫の神は眼鏡の奥で、優しげに瞳を細めていた。

「俺なら、ここから出してやれるぞ。そしてお前さんが望む場所に、連れていける。里の祖母が心配なら……一緒に探してやってもいい」

祖母の顔が、比呂の脳裏をよぎった。

行きたい。祖母のところへ行きたい。その想いが突き上げてきて、一瞬、返す言葉を失う。

その間に、八咫の神の顔が近づいてきた。どこからか花の香りがし、するとどうしてか、眼の前がくらくらして体が金縛りにあったように動かなくなる。

「や、やめろ……」

酔ったように声がかすれる。八咫の顔が間近になり、

「は、放せ……！」

叫んだのと同時、突風がたち、木々も地面もぐらぐらと揺れた。

八咫の神が笑いながら飛び退《すさ》ると、比呂の体の金縛りが解ける。同時に、なにか強いものに腕を引っ張られた。

「手を出すなと言ったのを、忘れたのか！」

強いものは狗神だった。比呂は狗神の胸に、八咫から隠すように抱かれていた。薄い肩に、分厚い胸板があたり、なぜか分からないけれど、比呂の心臓がどくんと大きく脈打つ。

「なに、少しからかっただけだ。そう怒ることでもないだろう」

肩を竦めている八咫の神に、狗神が喉の奥で唸るような声を出した。

「私の結界を歪めて、こいつを外に連れ出してまでか？　これになにかするつもりなら、今すぐに追い出すぞ、熊の神に食われてしまえ！」

怒鳴り声に、比呂は胸がドキドキと高鳴り、頬が熱くなる。同時に、こんなことを言いながら、ついさっき鈴弥といた狗神を思うと複雑だった。真名を当ててもらうために、比呂が八咫の神になにかされるのが気に入らないのだろうか。

「くわばらくわばら。引き裂かれる前に、退散するか」

三味線を持ち上げて行こうとした八咫の神が、ふと、比呂を振り向く。とたん、脳の中に、直接声が響いてきた。

――お前さんのばあさまは、死にかけだぞ。

それは間違いなく、八咫の神の声だった。狗神には聞こえていないらしい。比呂が腕の中でぶるっと震えると、不審げに眉を寄せている。

(ばあちゃんが、死にかけ……)

眼の前が暗くなり、比呂は気がつくと、八咫の神の背に向かって「待って……っ」と声を張り上げていた。

「ばあちゃんのこと、知ってるの!?　知ってるなら、連れてって！」

八咫の神が面白がって眼を細めたのと同時、狗神が「おい」と比呂の肩を押さえつける。

「なにを言っている、八咫の言葉などに耳を貸すな」

けれど比呂は、祖母のことで頭がいっぱいだった。

「連れていくには俺の伴侶になってもらわないと……」

と、八咫が笑った。比呂は無我夢中で、「なるから！」と叫んでいた――。

「お前の伴侶になってもいい、だから連れてって……っ」

とたん、狗神が眼を剝いたけれど、比呂にはそれさえ見えていなかった。やにわに、空に黒雲が湧《わ》く。遠くで雷鳴がとどろく。

刹那《せつな》、狗神が「去れ！」と怒鳴り声をあげる。とたん、突風がたち、八咫の神の体が弾き飛ばされた。八咫の神は瞬く間に消え、あとには笑い声だけが残る。

比呂は狗神の腕にさらわれるようにして抱きしめられ、一瞬のあとには部屋に戻されていた。狗神も一緒だ。

闇の中、部屋中の襖《ふすま》という襖がひとりでにバタバタと閉まる。

敷かれたままの布団へ突き飛ばされ、比呂はハッと後ろを振り返った。

また、雷がとどろいた。青白い光が、欄間から射しこんで天井に映る。

狗神は仁王立ちになって、比呂を見下ろしていた。金色の眼が、薄暗がりの中でもそれと分かるほどぎらぎらと燃え、銀髪も星のように輝いて犬の毛のように逆立っている。狗神は腹を立てているようだった。その拳《こぶし》が、ぶるぶると震えている。

「……貴様、この私をコケにしているのか。八咫などの甘言にのりおって、あいつの伴侶になるだと！」

胸倉を摑まれて、揺さぶられた。

「私よりあいつがいいのか!?　あいつに犯されたいのか！」

激しいがなり声に、耳の奥がきいんと痛む。

一体狗神はなにを怒っているのだろう、そんなことより祖母の話だ、と比呂は思った。

「ばあちゃんが大変だって……死にかけだって、八咫の神が……」

「あんなやつの言葉など信じるな！　半分以上が嘘だ、忘れろ！」

頭ごなしに怒鳴ってくる狗神に、比呂はうろたえ、震えた。どうして、と思った。

（どうしてお前が、俺にそんなこと、言えるんだよ？）

ここに閉じ込められ、祖母の安否が分からないのは狗神のせいだ。

八咫の神に犯されてもいいのかと言うが、それなら狗神も同じことをした。

それに、狗神は鈴弥のことも抱くかもしれず、比呂のことは真名当ての道具だと言ったではないか――。

理不尽な気持ちが、ムカムカと体の奥から湧き上がってくる。

「……お前といるくらいなら、そりゃ、八咫の神のほうがいい」

気がつくと、比呂はそう呟いていた。「なんだと？」と、狗神が金の眼をすがめる。それにさえ、比呂は苛立った。

「べつに、犯されてもいい、だってお前だって同じだろ!?　お前だって俺を強姦した！　神様なんてそんなものだ、それにお前には、鈴弥だっているんだろっ！」

比呂はカッとなり、怒鳴っていた。

「お前だって、鈴弥でもいいんだろっ？　俺をいいかげん、ばあちゃんのとこに帰せよ！」

「黙れ、私の真名を当てねば帰さぬと何度言わせるのだ！」

（それ、真名さえ分かればいいってことだろ――）

情けない、みじめな気持ちが胸の中をいっぱいにする。

一体、祖母の安否を確認するのさえ我慢して、どうして狗神のそばになどいなければならないのだろう。比呂に愛せるのか、と訊きながら、比呂を愛することができないのは、狗神のほうのくせに。

比呂は自分の胸倉を摑んでいる狗神の手首を、夢中で摑み返した。ちょっとやそっとで歯が立たないことは分かっている。齧《かじ》りついてやろうと口を開けたとたん、

「なにをする！」

と怒鳴られ、頰をはたかれた。

一瞬脳がぐらぐらと揺れるほど、強い平手打ちだ。口の中を切ったらしく、舌の上に血の味がした。呆然としていると、狗神がハッと我に返ったように眼を瞠る。それから舌を打ち、

「貴様が急に刃向かうからだ……っ」と吐き出した。

「もういい。今夜の伽がまだだ、ここで食ってやる」

投げるように布団に突き飛ばされ、頭のてっぺんから血の気が下がっていった。鈍く頭痛がした。なぜこんなふうに乱暴に、抱かれなければならないのか。

「やめろよバカ……っ、鈴弥と寝ろよ！　前の伴侶だったんだろ！」

「五十年も前のことを、貴様にとやかく言われたくないわ！」

（さっきだって一緒にいたくせに――）

比呂は突然、熱い塊が喉の奥からこみあげてくるのを感じた。鼻の中がツンと酸っぱくなり、こみあげてきそうになる涙を、すんでのところで押しとどめる。自分がなぜ、なにに泣きたく

なっているのか、比呂にも分からない。

こらえきれずに涙が頬をこぼれ落ちると、狗神がまた、イライラと舌打ちし、比呂の浴衣の帯を乱暴に解いた。裾をからげられ、後孔に指を入れられる。押さえられてしまったら、比呂には抵抗などできない。したところで、敵わないのだ。

「なぜ泣く。……どうして泣くのだ」

やがて、狗神が絞り出すような声で、呻《うめ》いた。最初乱暴だった、後ろをほぐす狗神の指が、ゆっくりと速度を落とし、だんだん丁寧なものになる。けれど比呂には、それに気づく余裕もない。

「……そんなに私が、嫌いか。そんなにこの行為が、嫌か」

聞こえるか聞こえないかのような、呻き声。

嫌だよ、と比呂は思った。こんなふうに、気持ちもなく抱かれるのは、嫌だ——。

後ろから入れられ、数度の抽送《ちゅうそう》のあと、中で狗神が吐精した。

体は交わりながら、心はまるでかけ離れている。それが空しくて、狗神が離れたあとも、比呂は浴衣の裾を直しながら、ぽろぽろとこぼれてくる涙を抑えられなかった。十五、六を越えてから、こんなふうに泣けたことなどない。

狗神はすぐに立ち去るかと思ったが、どうしてか立ち去らず、いつまでも比呂の横にそっぽを向いたまま座っていた。いいように押さえつけられてしまった情けなさとみじめさに、比呂は狗神のほうを見られなかった。

「――用が終わったんなら、出てけよ」

震える声で言うと、狗神がそんな比呂に苛立ったように、舌を打った。

「貴様が泣いているから……私は、それほど痛くしなかっただろうが」

面倒くさいのかなんなのか、ムッとしたような声だ。空の天気はいつの間にか凪《な》ぎ、雷はおさまっていたが、今は小雨がしとしとと降りしきっていた。比呂が黙り込むと、狗神のほうも黙る。ぎこちない沈黙が、しばらく続いた。

「……私に犯されるのが、それほど苦痛か」

やがて小さな声で、吐き出すように言われて、比呂はうつむいた。しわくちゃになった浴衣に涙がこぼれて、しみになっている。

(セックスのことだけで、泣いてんじゃないよ……)

どうして狗神は分かってくれないのだろうか?

(俺のこと、俺の気持ち、人間だとかひとくくりにする前に、俺の、俺だけのことを、どうして分かってくれないんだよ――)

祖母を心配している気持ちを、もっと分かってくれてもいいはずだ。

だから八咫の伴侶になるとまで言ってしまう気持ちを、なぜ理解してくれないのか。

(お前がばあちゃんのことだけでも分かってくれたら、俺はここにいるのに……)

「——なんにもいらない、ただ、帰してって言ってるだけ。それも、ばあちゃんのためだ。なのにお前は一度も、真剣に聞いてくれない」

涙声で、比呂は呟いた。

——比呂が生きててくれて、よかった。狗神様は、お優しい神様だ……。

祖母の声が、耳に返ってくる。比呂と父が雪山で遭難した時、祖母は寸暇を惜しんで狗神神社に参り、祈り続けてくれていたと、あとで周りから聞かされた。

——比呂をお返しください。

何度もそう祈っただろう、祖母。もし比呂が戻ってきたなら、ご恩返しは必ずしますと約束もしただろう。そうして比呂が生きて帰ってきたから、祖母は最後の最後まで、神社のそばを離れないと、決めていたのかもしれない。誰になにを言われても、自分だけは神社を守ろうとしていたのかもしれない。今になって、比呂はそう感じる。そんな祖母のことさえ、狗神にはどうでもいいのだろうか。

「ばあちゃんはお前をいい神様だって、優しい神様だって言ってた。でもそんなの嘘だ」

震える声を、比呂は投げつけた。

「お前は……お前は、守り神なんかじゃない。本当は人間なんか嫌いなんだ、だから人間にだって忘れられたんだよ！」

叫んだ時だった。遠く、雷が鳴り、ごうっと風が唸った。

「私のせいだと言うのか……？」

風だと思ったのは、狗神の唸り声だった。

「貴様ら里人が、私を忘れたのだ。人間どもが、先に裏切ったのだろう！」

「お前が守れなかったからだろ！」

比呂は声を張り上げ、振り向いた。頬を打たれたような顔で、狗神が立っている。

「お前が守れなかったから、忘れられたんだろ!?　里が廃れていったのは、お前の力じゃ足りなかったからだ！　だからみんな、里を出て行った。お前が役に立たないから、お前が要らないから、人間は忘れたんだ。俺もお前が要らない！」

比呂はもう一度叫んだ。

「俺もお前なんか、大っ嫌いだ……！」

言ったあとで、比呂はハッと口元を押さえた。また、言ってしまった――。

瞬間、眼に飛び込んできたのは、青ざめた狗神の顔だった。

突然風が吹き込んできて、横面を吹き飛ばされた。比呂はもんどりうって倒れる。

「勝手に私の土地を売り！　勝手に私の身を刻んだ！　私の大地を汚した！　私から力を奪った！　与えたものも返さずに！　そして私を殺そうという貴様らが！　私を要らぬと責めるのか――！」

風が逆巻き、比呂は床に這《は》いつくばったまま、眼を開けられなくなった。

痛い、痛い、痛い、と声がした。

どこかからか声がした。

——痛い、痛い、痛い。助けて、助けて、助けて。

——私を殺さないで。私を傷つけないで。

怒りとも悲しみともつかない感情が比呂の内側を襲ってくる。

それは底のない淋しさだった。

痛いほどの寂寥《せきりょう》感だった。

瞼《まぶた》の裏に、寂れた里の様子が一瞬、映った。人が住まなくなって荒れた廃屋。

私を残して、みんな、どこに行ったのか——？

誰かがそう叫んでいる。

——思い出して、思い出して、思い出して。……私が誰か。私は誰。誰、私は。

（なぜ私を忘れた……？）

一頭の狼が、薄暗い闇の中、看板ばかり立ち並ぶ淋しい里を、まるで疲れた野犬のように這い回っている姿が映った。

（誰かいないのか？　みな、どこに行ったのだ……）

狼は遠吠えする。声は里に、うつろに反響する。けれどだれももう、狼の名を呼ばない。

大きな機械が大地を削ると、狼の体のあちこちが痛み、血が吹き出る。

息苦しくて、狼は倒れ伏す——もう誰もいない。誰も、誰も、誰も……。

比呂はハッとした。眼の前で、狗神がふらふらとよろめき、そうしていきなりその場に倒れ伏したのだ。

「……狗神？」

思わず寄り、触れたとたん、狗神の姿はきらめきながら狼の姿へと戻っていった。脇腹の毛が、赤く血で染まっている。生々しいほど鮮烈な赤だった。まるでたった今切ったばかりの傷のように。比呂は驚きに、思わず眼を見開いた。指が震え、それでも、その傷に触れようとした時、狗神の巨体は空気へ溶けるように消えて、気がつくと、比呂は暗い部屋の中に、一人で座っていた。

閉じていた襖は開いており、池面に、いつの間にか、白く月が映っていた。

池上に張り出した縁廊に出る。空は凪いで風もない。あんなに鳴っていた雷も聞こえず、屋敷はシンと静まりかえり、誰もいないように思われた。

不意にわけもなく、涙がこみあげてきた。

（ばあちゃん……もう俺、無理だよ）

欄干に身を寄せると、頰を伝った涙が、池面にまでこぼれ落ちた。

（無理だ。あいつのこと、分かんない。……これ以上、ここにいられない）

そんなことは初めから知っていたはずなのに、なぜ今、こんなにも胸が痛むのだろう。

狗神はいつも怒っている時、比呂のことを、「貴様ら」と言う。比呂を人間というくくりでしか、見てくれていない。そしてひどく、嫌われている……。

(俺が人間だから、あいつは俺を好きになれないいんだ)

そんな狗神を比呂だって好きではない。

そう思いながら、狗神が里人に忘れられ、立ち去られたのだと考えると――どうしてか、かわいそうな気になる。狗神の孤独が、痛く、悲しく思える。

涙が止めどなく、溢れてくる。

(あいつが父さんを奪った。雪を降らして、ばあちゃんの救急車も遅れた。あいつは俺にとって災厄でしかない。俺はあいつが大嫌いだ。大嫌いだけど……)

――勝手に私を忘れた、と叫んでいた狗神の声は、悲鳴のように聞こえた。

怒りの底に潜んだ、切り裂くような悲しみ。比呂を襲った深い淋しさは、狗神の淋しさなのかもしれない。けれどそんな淋しさを比呂に理解してほしいとは、愛してほしいとは、狗神は思っていないのだ……。そしてどうしてか、そのことにも、比呂は傷ついている。

「俺はバカだ……」

うなだれ、比呂は泣いた。自分でもなにに泣けてくるのか、半分も分からなかった。

月は美しく、狗神の髪と同じ色をしている。

「お前さんはすごいなあ。あの狗を、黙らせるとは」

その時、すぐそばで声がしたので、比呂は緊張に身を強ばらせた。いつの間にやら、比呂が凭《もた》れていた欄干に、八咫の神が座っていた。

「なあ、俺の真名がどんな形をしているか、見せてやろうか」

八咫の神は唐突に、懐からなにやら首飾りのようなものを取り出してきた。

「勾玉《まがたま》……？」

比呂は泣き濡れた眼で、取り出された石を見つめる。それは玉から尾が出た、滴のような形の、翡翠《ひすい》色の石だった。古代、祭祀《さいし》などに用いられた勾玉だろう。

「真名というのはな、本体の名前だ。俺は数百年も昔、神社が壊されることになってな、本体が傷つけられる前に、真名をこの玉に移して身につけたのだ。それでこうして、放浪できる身となったわけだよ」

八咫は淡々と説明しながら、狗神は、その真名を忘れているから、本体を移しかえることができないのだ、と言った。

「今、里には雪が降っているが、そのうち工事が再開されたら、神社の中にある狗神の本体が壊される。そうなれば、やつは死ぬ」

——死ぬ。

（狗神が？）

にわかには信じられず、比呂は眼を見開いて八咫を見た。心臓が、どく、どく、とだんだんと早鳴り始めた。

「お前さんは情が深い。このままいくといずれ、かわり身として死ぬことになるぞ」

——かわり身。

また聞いた言葉だ。昨夜八咫は、深情けの伴侶なら、なれると言っていたはず。

「情が過ぎると、神の命と伴侶の命が結ばれすぎてな……神が負う怪我《けが》を、伴侶が負う。たった一度だけ、そうやって、伴侶が自分のかわりに死んでくれる。人柱さ」

聞いたことが整理できなくて、比呂は眼をしばたたく。

「分かるか？　お前さんは、ここにいたら、いつか死ぬだろうよ」

比呂はまさか、と思ったが、八咫は「逃げたほうがいい」と言った。

「俺が逃がしてやる。俺なら、逃がしてやれる」

「でも、すぐ見つかるんじゃないか……？」

ところが八咫は、「祖母が心配なんだろ？」と言って顔を寄せてきた。

「俺が言ったのは嘘じゃない。早く行かないと、ばあさまが危ういぞ」

祖母のことを言われると、それが一番の不安だけに、比呂の気持ちは揺らいだ。

「実は、こっちにも下心がある」

八咫は促すように、比呂の頬にそっと指をかけて、撫《な》でる。

「俺は鈴弥を連れ去ったせいで、熊に追われてるだろ。これが面倒な相手でなあ。一度怒ると数百年は怒ってる。狗神の神気も弱くなってるからな、いつまで隠れられるかしれん。だが熊は単純だ。お前さんが助けてくれたら、すぐ機嫌を直すはずだ。協力してくれないか？」

「……協力って、なにするんだよ」

「熊は昔から、狗嫌いだ。お前さんが狗の伴侶で、逃げてきたと聞けば愉快になって怒りも忘れる。俺と来て、その腹の印を熊に見せてくれればいい」

比呂は、迷った。八咫の神の言葉は、どこまで本当か分からない。それに、と比呂は思う。

（狗神はともかく、茜《あかね》はいい子だ。藤《ふじ》も……悪いやつじゃない）

――だが三人とも、比呂が必要というより、真名を知っている人間が必要、というだけなのだろう、と思うと、ここにいる理由にはならない。

「考えてもみろ。ここにいたら、ずっとばあさまのところには帰してもらえないぞ」

言われた言葉に、不安で、体が震えた。そうなのかもしれない、と比呂は思った。このままでは、祖母が生きているうちには、里へ帰してもらえないだろう。八咫が信頼できないにしろ、狗神のところにいては祖母とは会えない。もうどうにでもなれ、と比呂は思った。

「……分かった。協力する。本当に、ばあちゃんとこに連れてってくれるんだな？」

「もちろん。神は約束を守る。お前に、俺の真名を教えてやる」

そう言い、八咫が比呂の左腕をとると、さっきの勾玉が、青白く光りだした。

「俺の真名は陽津碧の石の神だ」

「……ひつへきのいしのかみ？」

眼を細め、八咫が「古くは、俺は翡翠の大岩だったのだ」と呟いた。

闇夜のように黒い瞳に、なにか皮肉めいた色が灯る。比呂は池の縁《ふち》に立ったような恐さを感じて、こくりと息を呑んだ。それは神という命の不思議さを見たような——そんな畏怖《いふ》だった。

「そしてお前さんは比呂、だな。ひとつ、俺は真名にかけて、お前を祖母のところへ連れてゆこう。そしてお前は、熊のところへついてきてくれ」

比呂は頷き、同じ言葉をそのまま唱えた。すると比呂の左の腕に、冷たい痛みが走った。一瞬で消えた痛みだったが、見ると、左の肘裏《ひじ》に、緑の勾玉模様が一つ、入っていた。これが、八咫との約束の証なのだろう。

『では行くぞ、狗神が喪神しているうちに逃げろ！』

突然、頭の中にしゃがれた声が響き、比呂は体を竦めた。

眼の前に巨大な黒い塊が立ちはだかった。岩のような大鴉。狼の時の狗神の、半分はあろうかという巨大な鴉だ。羽根を広げるともっとある。濁った暗い黒眼に、鋭い嘴《くちばし》と爪。足は三本あり、羽根は黒く濡れたよう——口を開けると赤い喉が映り、細い舌が二枚、見えた。

その異様な姿を見て、比呂は怖《お》じ気《け》づいた。だが次の瞬間、八咫の嘴に浴衣の帯をくわえられ、空に飛び立たされていた——。雷電のような素早さだ。風圧に眼の前がぐらつき、息が詰まる。比呂は八咫の背中に放り投げられ、慌てて黒い羽根にしがみつく。

『しっかり捕まっておれ、狗めの結界を破るぞ！』

比呂はぎゅっと眼をつむった。全身に、ガラスをぶち破るような衝撃があり、次の瞬間、顔に雪を浴びていた。

八咫が興奮したように、ぎゃあぎゃあと甲高く笑い出す。

比呂は後ろを振り返った。けれどどこを見ても、見えるのは鬱蒼《うっそう》と木が生い茂り、雪に吹かれて白くなった山ばかりで、たった今出てきたはずの狗神の屋敷はなく、あれほど静かだった空も雪のせいで白い。

心の片隅に、これでよかったのだろうか、という疑問が湧いた。倒れ伏していた狗神の姿が、痛いと叫んでいた心が、胸の奥にうずくように返ってくる。

――心ある者はみんな同じ……。

ふと耳の奥に祖母の声が聞こえた気がした。あの言葉を聞いたのは、いつだっただろう。

心ある者はみんな同じ――。

けれどいいのだ、と比呂は自分に言い聞かせた。こうするしかなかったのだから。それに狗神には鈴弥もいる。自分がいなくてもいい、と思う。

（ばあちゃんさえ無事なら、あとは殺されてもいい。どうせ、あいつとは分かり合えない――）

迷う気持ちを比呂は振り切る。自分は間違っていない。間違っていないはずだと、言い聞かせながら。

六

どれほど飛んだのか、雪はいっそう激しく、ひどくなっていった。闇は深く、あたり一面暗い夜に覆われている。

八咫《やた》の背に摑《つか》まりながら、比呂《ひろ》は不安だった。狗神《いぬがみ》から逃げ出して、その報復が怖かったのもあるが、それ以上に八咫が飛んでいく先に、いつまで経っても里が現れないせいもあった。

「なあ、本当にこっち、里か？　だんだん山深くなってるように見えるんだけど」

『そう急《せ》くなよ。約束は守るさ。だから狗神にも、連れて来られたんだろ？』

（……あれはあっちが、勝手に決めたんだ）

とは思ったけれど、比呂はなにも言わないでいた。

ふとどうしてか、今更のように十年前のことを思い出した。十歳の時、狗神は比呂に向かって言った。父は助けないが、比呂は助ける。助けるかわりに、二十歳になったら迎えに行く……と。

（与えればもらう……もらえば与える。そういうのが神様なんだろうけど）

よく分からない。狗神のことは結局、なにも分からないまま出てきた気がした。

(もし今、里に昔どおり人がいて、狗神を祀《まつ》ってたら……俺ももう里に帰されてて、あいつは——あんな横暴な神様じゃ、なかったのかな)

考えても、もう出てきてしまった比呂には詮《せん》ないことだった。比呂は狗神のことを忘れるように、八咫の羽根をきゅっと握りしめた。

『狗神のことを考えているのか?』

ふと、おかしげに八咫の神に訊《き》かれて、比呂は「べつに」と意地を張った。八咫はその虚勢を見破っているように、くつくつと笑っている。

「……あんたこそ、よかったの? 鈴弥《すずや》を置いてきて。一応、伴侶《はんりょ》なんだろ」

ふと訊くと、八咫の神には『そうだなあ』と曖昧《あいまい》な返事をされた。

「元々、他の神様のところから連れ出したくらいなのに……なんで一緒にいないんだよ?」

『最初の百年ばかりは連れて旅をしてたぞ。だが、旅から旅をする生活が辛《つら》そうでなあ。それで、一度置いていってみるか、と、まあまあ乱暴でない神へ譲った。すると数年ばかりはそこで我慢するんだが、また様子を見に行くと、別のところへ行きたいと言う。それでまた俺の伴侶にして、他を探して……というのを二百年ほどやっている』

ふうん、と比呂は頷《うなず》いた。それだけ聞くと鈴弥はずいぶん図太そうな印象がある。

『三百年も生きると、人間は飽きるものなのだろ、しばらくは狗神のところで気晴らしするさ』

そんなものか、と比呂は思った。神の伴侶にされ、人間世界にも戻れずにいる鈴弥のことを考えると、少しだけかわいそうに思ったが、八咫の神のこの口調だと、鈴弥が狗神のところへ来たのはそれまでの生活に飽きたからであって、狗神が好きだからではないように聞こえる。

（……でもその割に、べたべたしてたけどな）

思い出すともやもやするので、比呂はもう考えないことにした。どちらにしろもはや、関係のないことだ。それに、その時八咫が突然、奥深い山の中へ急降下しはじめた。

一瞬里に着いたのか、と思ったが、そこは明らかに里ではなく、里の向こうに見慣れていた狗神の奥山でさえない、見たこともない山の中だった。

辺りは針葉樹が立ち並び、吹雪《ふぶき》で真っ白になっている。ブナやミズナラが並ぶ、美しく明るい狗神の森とは違い、葉が空を覆って暗い。比呂はその山の、雪の積もった地面へ落とされた。

「……っ、こ、ここ、どこだよ！」

思わず、比呂は怒鳴った。浴衣《ゆかた》一枚で出てきたせいで、すぐに寒気が走る。その時、吹雪が石つぶてのように強くなった。不意に、どこかからかバリバリと木の倒れる音が聞こえ、ドオン、という轟音《ごうおん》のあと、向こうのほうで雪煙があがった。

『……八咫……八咫の神かあ……っ』

狗神の山鳴りのような声よりも、もっともっと低く、もっとずっと荒々しい声が、比呂の脳の中に響いてくる。これは神の声だ、とすぐに分かった。

『探していたぞ、探していたぞ、儂《わし》の神域に戻ってくるとは、よい度胸じゃのう……っ』

比呂は息を呑《の》んだ。眼の前の大杉が傾《かし》ぎ、音をたてて倒れていくのだ。杉が倒れたあとには、大山のような熊がいた。真っ黒な体毛に、雪が霜のように降っている。大きさは八咫の三倍、狗神と比べても倍はありそうだ。まるで建物のような巨大な体に、凶暴そうな二つの眼。よだれを垂らし、牙《きば》をむき出しにした口。鋭い爪《つめ》のついた、大きな手——。

全身が凍りつき、比呂は尻で後じさった。

『熊の神、そう怒るな。ほら、手土産《てみやげ》だ。これで機嫌を直せ』

八咫が言い、笑うようにギャ、ギャと声をたてた。比呂は八咫の神の羽根で、熊の神のほうへ押しやられた。

『なんだ、こやつは！』

『狗めの伴侶だ。腹の紋を見てみろ。鈴のかわりに連れてきてやったんだ』

八咫が言った瞬間、グルグルと唸《うな》っていた熊の神が、興味を惹《ひ》かれたように比呂を見下ろしてきた。比呂は後ずさり、背中に杉の木が当たった。浴衣の前が乱れてはだけ、へその横にある葉形の紋が覗《のぞ》く。

『……ふむ。たしかに。狗めの印だのう』

熊の神が、凶暴そうな眼を満足げに細める。その声からは、もう怒りが消えていた。

『可愛《かわい》いだろ？　あの狗が娶《めと》った伴侶だぞ。お前が奪ってやれば、あいつ、悔しがるだろうよ』

『……あの生意気な狼《おおかみ》め、儂のことをうつけと思うておるからな……』

そうだろう、そうだろう、と八咫があおり、比呂は体が震えてくるのを感じていた。今眼の前でされているのは、一体なんの話だろう。

『鈴弥の穴をこれで埋めよということか、ちと、野暮ったいが』

『しかし新鮮だぞ、まだ狗しか食ってない。な、鈴は許してやってくれ』

『まあ、そうだのう』

（……八咫の神は、俺を熊の神の伴侶にする気か！）

熊の神のご機嫌取りか、他に理由があるのかは分からないが、とにかくそのつもりだ。頭のてっぺんから、血の気が下がっていく気がした。比呂は「八咫の神！」と怒鳴った。

「約束が違うだろ！　俺をばあちゃんとこに連れて行くって言ったはずだ！」

足はガタガタ震えていたけれど、声だけは振り絞った。

『いやいや、悪い悪い。こうでもしないと、許してもらえん。しかし俺は約束は果たしたぞ』

「嘘つけ！　お前は、ばあちゃんのとこへ連れて行くって――」

『そうだが、既に死んでいる者のところへ、どう連れていく？　心配せずとも、そのうち死ねば行けるだろうから、焦ることはないさ』

八咫は途中から、笑い出したようだった。耳に障る鴉《からす》の声が、空にギャアギャアと響き渡る。

比呂は一瞬、なにを聞いたのか分からなかった。

「……ばあちゃんが、なに?」

『だから、死んでるんだよ』

「嘘だ!」

咄嗟《とっさ》に、比呂は叫んでいた。そんなはずがない。祖母が死んだなんて、とても信じられない。

『嘘なものか。神は約束は破らないさ。腕の印を見てみろ!』

比呂は言われたとおり、肘《ひじ》の裏の印を見た。勾玉《まがたま》の紋は、今、ゆっくりと消えていこうとしている。約束が履行された証《あかし》だ。膝《ひざ》から力が抜け、比呂はその場に座り込んでいた。

「嘘だ……」

いや、嘘じゃなくても不思議じゃないと、心のどこかで思った。

――祖母が死んだなんてはずがない……。それでいて、心のどこかではやっぱりそうか、とも思っていた。こんなに長い時間、帰っていない。もし病院に入っていても、場合によっては、死なれていたって、おかしくはない――。いや、そもそも、狗神が比呂に無事だと言ったあの言葉だって、本当だったのだろうか?

(俺は……騙《だま》されてた?)

『お前さんに恨みはないが、許せよ。また会いに行ってやるから』

それまで黙っていた熊の神が、不機嫌そうに『儂の分からん話をするな』と言ってきた。

『なに、話はついた。さ、新しい伴侶を連れて行け。大事に扱ってやってくれよ』

熊の神が比呂に近づいてくる。鋭い爪が浴衣にかかろうとした時、どこかから唸るような風が吹き、空に、稲妻が鳴り響いた。熊の神が大声をあげて飛び退《すさ》る。その大きな体から、真っ赤な血がこぼれて、白い雪の上に散った。

『頭の悪い熊が！　鴉の甘言に丸め込まれたな、私のものを返せ！』

聞き慣れた唸り声。比呂の視界に銀の塊が現れた。美しい銀毛に、金色の瞳。九つの尾の
――それは、狗神だった。

『死に損ないの狗か！　ここは儂の土地ぞ！』

熊の神のがなる声に、杉という杉が揺れ、大地がびりびりと震動する。熊の神が狗神に突進していく。その衝撃で、山が地震のように揺れる。けれど狗神は跳躍し、熊の神の肩に嚙《か》みついた。熊の神は怒りに吠《ほ》え猛り、狗神の喉《のど》を鋭い爪で裂く。

二頭の獣からこぼれた血で、雪は見る間に赤くなる――。

『八咫！　貴様も殺してくれるわ！』

狗神が咆哮《ほうこう》するのと同時に、八咫の神は嗤《わら》いながら空を駆けて逃げていく。

そのすべてが、比呂には遠いことのように見えていた。

（狗神が戦ってる。俺を、取り戻そうと……）

それさえ、他人事《ひとごと》のようだった。事態の重さは分かっていながら、心がついていかない。体から力がぬけ、心の中が空っぽだ。

誰が嘘をつき、なにが真実なのだろう。

祖母はやっぱり、死んだのだろうか――?

不意に、狗神が九つの尾で熊の神を打ち、打たれた熊の神は姿勢を崩して倒れこむ。その隙《すき》に飛んできた狗神が比呂の浴衣をくわえて、杉の木よりも空高く跳んだ。

『おのれ、待て、狗神!』

下のほうで、熊の神がわめき、ごうごうと雪が激しくなる。しかし狗神は止まらず、杉の木のてっぺんを足場にしながら跳び続けて、やがて美しいブナ林まで戻ってくると、比呂を地面へ放り出した。

雪は弱まっていたが、地面は淡く凍っていて、転がされると痛かった。けれどその痛みも、どこか遠く感じられる。

『貴様、よくも私を裏切ったな……!　このまま、殺してやろうか!』

狗神が怒鳴っている。比呂は地面に倒れたままだった。起き上がる気力もなく、ブナの葉の向こうに見える、薄曇りの空を見つめていた。

『おい、貴様、聞いているのかっ?』

――聞いてるよ、と、比呂は思った。聞いている。聞こえている。ただなにも頭に入って来

ないだけで。

『おい』

やがて狗神が不審そうに、けれど苛立《いらだ》たしそうに、比呂の顔を覗き込んできた。狗神からは、森の匂《にお》いがした。青い、鬱蒼《うっそう》とした木々と草。露を含んだ優しい香り。

この匂いは好きだった。好きだったと、比呂は思った。眼の端に、熱いものが、音もなく溢《あふ》れた。「殺せよ」と、比呂は呟《つぶや》いていた。

「……殺していいよ。食ってもいい。それで……俺を殺して」

狗神が、不愉快そうに眉間《みけん》に皺《しわ》を寄せる。

「……ばあちゃんが、死んでたんだ」

ぽつんと続けると、狗神はなにも言わなかった。比呂には、狗神の金色の瞳も、大きな体も、牙も、今はなに一つ恐ろしくはなかった。祖母が――死んでしまって、心が空になったせいなのか。この世の中の一番恐ろしいことは、もう、終わったのだ。

『どういうことだ。八咫からなにを聞いた……?』

狗神に訊《き》かれ、比呂は小さく自嘲《じちょう》するように笑った。

「……知らないの？　それとも、知ってるくせに嘘ついてんの？　本当は、みんな知ってたのか……？　死んでるってさ」

狗神は、黙ったままだった。なにを思っているのか、ただじっと比呂を見つめている。比呂はぼんやりと訊いた。

「……なあ、お前、ばあちゃんのとこ連れてける？　でも、どこにいるんだろ、死んでるんだったら……役所に行けば分かるのかな」

口にしたあとで、バカバカしいことを質問したと思った。里にはけっして帰してくれなかった狗神が、里から離れた町のほうまで連れて行ってくれるはずがない。それに狗神自身が、祖母の死を知っていて、比呂を騙していたかもしれないのだ――。

けれどその時、狗神が『起きろ』と、言った。

『私の背に乗れ。行くぞ』

初め、比呂はすぐに屋敷へ連れ戻されるのだろうと思っていた。

ところが、狗神が向かった先は、意外なことに比呂の住む集落も管轄の、町役場のそばだった。役場前の小さな公園に降り立った狗神は、空を仰いだ。夕闇の空には、もう月が見えはじめている。狗神は一瞬身震いし、月に向かって耳をそばだてた。

青白い月の光がほんの数秒強くなる。すると、狗神は人の姿に変わっていた。

白い面に、切れ長の瞳。体の奥から銀の光が発せられているように美しい男の姿だ。

狗神は自分の銀髪を一本抜くと、比呂の指に結んできた。

「……ここは私の神域ではない。真名《まな》をなくした今、人の姿でいるのは辛い。町の神どもも騒ぐしな。夜が更ける頃に迎えに行く。その前に助けが必要なら、この髪をほどけ。すぐに行く」

狗神の声は静かだった。怒っている様子はない。

どうして、と比呂は思った。なぜ、狗神はここに自分を連れて来てくれたのだろう？　その端整な顔を見つめると、金色の瞳はどこか比呂を憐れんでいるように見えて、けれどそれが本当にそうなのかは分からずに、比呂は戸惑った。

結局なにも訊かず、比呂は狗神に見送られて役場に向かった。

中へ入ると、もう窓口の受付は終了していたものの、すぐに「鳥野《とりの》さん？　鳥野さんだよね、限界集落の……」と声をかけてくれる職員がいた。見ると、人のない里に住んでいる比呂と祖母を心配して、何度も足を運んでくれていた民生委員の男だった。

「びっくりした……どうしたのその格好、無事だったんだね、捜してたんだよ」

その人は比呂の姿を上から下まで見て、困惑していた。

それも仕方がないだろう、比呂の格好は浴衣で、しかも下駄も履いていない。体も凍っているが、感覚が麻痺《まひ》して、寒いとさえ感じられなかった。

「あの……祖母のこと、聞きたくて」

言う時、声が震えた。窓口の中から、他の職員が物珍しそうに比呂を見ている。民生委員の男が「ちょっと待ってて、こっちに来て」と言って、奥の応接室に通してくれたので、やっとその視線から逃れられた。

応接室は暖かく、暖房がきいていた。やがて男が入ってきた時、比呂は息を呑んだ。男の腕に、桐の箱が抱かれていたのだ――。

「これ……あのね、お祖母さんは、病院で亡くなられて」

向かいに座った男が、机の上に桐の箱を置いて、気まずそうに説明してくれる。比呂は動悸《どうき》が激しくなってきた。頭の中を、なにか冷たいものが通り過ぎていった。信じたくはない、信じられない気持ちで、比呂はその場に固まっていた。

「このお骨も、きみが失踪《しっそう》したというので、どうしようかと言ってたんだ。遠縁の方も引き取りは難しいというので……一応僕のほうで預かってたんだ。よかったら、こっちでお寺に連絡をとろうか？　鳥野さん、東寺の檀家さんだよね」

はあ、と比呂は頷《うなず》いた。けれど、頭にはなにも入って来ない。

「その、お葬式には、もう遅いと思うんだよ。四十九日も過ぎたし……ね、お家のほうも、今、財産手続きに入ってるんだってね……」

「……え？」

けれどふと、違和感を覚えた。

四十九日を過ぎた？

財産手続き？

視界の端に、なにげなく映ったカレンダーを見て、比呂は息を止めた。

比呂が狗神の元へ連れ去られたのは、十月下旬だった。カレンダーは、一月。年を越している……。

「きみが失踪してたから、一旦、遠縁の方に財産が渡って……墨田《すみだ》さんて県議員の方がね、ちょっと強引に……ごめんね、僕は力になれなくて。一度、親戚の方に連絡をとってみて」

「はあ」

気が抜けたように返事をしている比呂を見て、民生委員の人は、痛ましげな顔になった。

「……お祖母さんね、病院のベッドできみのこと、ずっとうわごとで呼んで……二週間は、頑張ってたんだけど……そのまま意識が戻らなくて。辛かったね」

耳鳴りがした。頭の中が冷たくなり、心に、亀裂が入ったような——そんな気がした。

——きみのこと、ずっとうわごとで呼んで……。

(俺がばあちゃんを、死なせたのかな……？)

愚かな考えだと思う。そんなことじゃないはず。今さら、考えても仕方のない「たら、ればでしかない。けれど……。

病院で自分を呼んでいたという祖母のそばに、もし、いてあげられたら。

いやそれより……祖母はあれから二週間、生きていたのだ。

二週間。二週間も、一人ぼっちにさせた――。最後の最後で、一人にした。

喉《のど》の奥、気管が細くなったように、息苦しかった。後悔と絶望、悲しみと自責に、頭がガンガンと痛んで、その痛みで吐きそうだった。

それ以上なにを確かめる気力もなく、比呂はぺこりと頭を下げた。のろのろと、桐箱を抱く。そしてそのまま、役場を出た。

雪で濡《ぬ》れた浴衣と裸足《はだし》で、比呂は住宅街の中を歩いた。すれ違う人が驚いて振り向いていたけれど、それにも気づかなかった。やがて、山のほうへ近づくほど、人がいなくなった。

日がすっかり落ちた頃、比呂はようやく、徒歩で里に帰り着いていた。

足は傷だらけで、かじかんで、あかぎれができ、血も出ていた。けれど痛くない。痛みさえ、遠かった。

今ではもう住む人のいなくなった里には、まだちらほらと雪が降っている。工事は中断したままらしく、ブルドーザーやクレーン車が物言わずに停まり、機体にかけたシートの上に雪が積もっている。狗神神社もそのままだ。比呂はただ一心に、自分の家へ向かった。

比呂の記憶では、たった数日前。

それと変わらず、家は里の中、神社の下にあった。玄関前には積もった雪が堆《うずたか》くなっていたが、比呂はそれを無理やり突き崩して、中へ入った。

「ばあちゃん!」

入ったとたん、比呂は叫んだ。声が自然に、迸《ほとばし》っていた。

「ばあちゃん！　ただいま！」

汚れた足のまま家の中へあがりこみ、台所を開ける。流し台のほうから比呂を振り向き、「お帰り」と言う祖母の姿が見えた気がしたけれど、祖母はいなかった。

「ばあちゃん！」

廊下を通り、居間へ飛び込む。テレビを見ながら、お茶を飲んでいる祖母がいる気がしたけれど、やはりいなかった。

「……ばあちゃん、俺だよ。帰ってきたんだよ！」

比呂は祖母の部屋を開けた。古い文机《ふづくえ》の前で書き物をしながら、老眼鏡をちょっと下げて比呂を確かめ、「お帰り」と笑う祖母がいる気がしたけれど――いない。いなかった。祖母はどこにも、いなかった。祖母は、死んだのだ。

「……ばあちゃん。どこ？」

祖母が寝ていたはずの布団は、まだ、最後の日の夜のように、敷かれたままだった。けれどそっと手を押し当てると、それは冷たく、湿っていた。

子どもの頃、この中で、祖母と一緒に寝たことを思い出した。

仕事が忙しい父に、構ってもらえずに淋しかった時も、父が死んだばかりの頃、罪悪感に駆られて泣いていた時も、ただ寒かっただけの日も、祖母は自分を布団に引き入れて抱き寄せてくれた。比呂の胸の上で手をトントン、と優しく鳴らしながら、この里に伝わる狗神の話や、もっとべつのおとぎ話を聞かせてくれた。時々は怖い話をし、比呂を驚かせた。比呂が恐がって泣き出すと、祖母は大笑いした。

——比呂はいい子だ。ばあちゃんは信じてるよ。

周りからどう言われても、祖母は比呂のことをいい子と思って疑わなかった。進学も就職もままならなくても、だから比呂は腐らなかった。たった一人でよかった。たった一人、自分を好きでいてくれる人がいる、自分を信じてくれている人がいると、そう思えるだけで、比呂はいくらでも生きていけた——希望を持てた。その祖母は、もういない。

桐箱を畳の上に置く。

ふと見ると、文机の上に大きな包みが一つ、置いてあった。リボンがかけてある。比呂は息を呑み、震える指で、そっと包みを開いた。

中からは、大きな、男物の綿入れが出てきた。祖母が大事にしていた、質のいい紬《つむぎ》の着物をほどいて、作り直してくれたものだ。一緒に、一筆箋《いっぴつせん》が一枚、添えられている。

『お誕生日おめでとうございます。比呂も二十歳ですから、そろそろ進学の勉強をしてもいい頃です。学費は、おばあちゃんも貯めておきましたから、大丈夫ですよ』

一緒に、預金通帳が入れてあった。比呂の名義で、毎月細々と貯めた金額は、専門学校の入学金と一年間の学費にも満たない。けれど、それだけを貯めるのに、日付を遡《さかのぼ》れば六年、かかっていた。

——二十歳の誕生日は特別だいね。

祖母は何日前から、この贈り物を用意してくれていたのだろう。比呂がアルバイトをしている間にせっせと縫い、手紙と通帳を添えて、贈ってくれたあと、どんな話をするつもりだったのか。それを聞くことはもう、二度とない。

(ばあちゃん……)

こういうことは、どうしてできるのか。

お金を貯め、綿入れを縫い、比呂のことを考えてくれるのは……そこに愛情がなかったら、できるはずのないことだ。それなのに、その愛情に対して、自分はなにを返せたのだろう?

(ばあちゃん……)

鼻の奥がツンと痺《しび》れた。目頭に熱いものがこみあげ、溢れてきた涙が、ぱたぱたと綿入れの上にこぼれて、吸い込まれていく。

(ばあちゃん。俺、なんにも返してないよ)

まだなにもしてあげていない。なんの恩返しもしていない。

それどころか祖母を一人ぼっちにした。病院のベッドの上で、二週間も……。

「ばあちゃん、ごめん。ごめんな……ごめん」

涙が止まらず、比呂の声はしゃがれた。嗚咽《おえつ》が漏《も》れ、比呂は綿入れに顔を埋めるようにして、祖母の文机に突っ伏した。綿入れから、祖母の使っていた、懐かしい匂い袋の香りがする。着物簞笥《だんす》に眠っていた紬を、仕立て直してくれたのだから当たり前だった。

喉が焼け、こみあげてきた涙が嗚咽となって溢れてくる。

「うっ、う、うーっ……」

比呂はもう、我慢しなかった。綿入れを抱いて、号泣した。

涙と一緒に、なにもかもが自分の中から抜け落ちていく。将来の夢も、生きる意味も、すべてが消えて、空っぽになっていく。もうなに一つ、比呂がしたいことはない。

時間を巻き戻したい。数日前のあの夜に戻れたら、自分はもう祖母のそばを離れない。意識を失った祖母に、何度も呼びかける——けれどいくら考えても、戻ることはできない。

比呂は声が嗄《か》れるまで泣いた。泣いて泣いて、泣き疲れて、綿入れの中に突っ伏したまま眠った。

「比呂……」

呼び声が聞こえたのは、いつだっただろう。

誰かが頭を撫《な》でてくれ、抱き上げられるのを感じたけれど、比呂にはそれが誰だか、分からなかった。青い森の匂いがした。鬱蒼とした木々、雨上がりのあとの濃い緑の香りだ。

「……私のせいか?」

誰かが、言ったような気がする。暗い夜の中に響く、痛々しげな声。誰かが悲しんでいる。

けれど眠りに落ちる比呂の意識の中に、その声は消えてしまった。

翌朝目覚めると、比呂はまた、狗神の屋敷にいた。朝まだきの靄《もや》が庭にかかり、あたり一面白々として、肌寒い。またここに戻されたのか、とは思ったけれど、もう関心さえなかった。なにもかも、どうでもよくなっていた。

「比呂様……お目覚めになられましたか」

縁側のほうから入ってきたのは藤《ふじ》と茜《あかね》で、布団の上に起き上がった比呂は、二人をぼんやりと見つめた。二人とも涙ぐんでいるように見えたけれど、まるで紗《しゃ》が一枚かかったようにすべてが遠く、比呂は、返事を返すのも煩《わずら》わしかった。

ふと、藤は祖母の死を、知っていただろうか？　と思った。

知らなかったかもしれない。けれど狗神の屋敷での一日が、人間の世界での十数日にあたることは知っていたはず……そう思うと、苦い気持ちになった。

藤は知っていて、比呂にそのことを言わなかったのだ。

「なにか召し上がりますか？　お持ちしますよ……」

そっと横に座った藤に、比呂は眼を向けられなかった。今にも抱きついてきそうだった茜も、なにかを感じ取ったように部屋の隅で立ち止まり、尻尾《しっぽ》をぎゅっと抱きしめて比呂を見つめている。

「いや。いい……ちょっと、一人にしてくれ」

ぼそぼそと言うと、一瞬怯《ひる》んだように瞳を揺らした藤が、「分かりました」と立ち上がった。

「あの……比呂さま、これ」

その時茜が、泣きそうな顔をしてとてとてと走り寄ってきた。その小さな手で差し出されたのは、祖母が作ってくれた綿入れだ。頭の中がまっ白になる。気がつくと、比呂は茜の手から、奪い取るようにして綿入れを取っていた。

茜の大きな眼に一瞬傷ついたような色が浮かんだけれど、比呂はそれに気づく余裕もない。藤が眉《まゆ》を寄せ、けれどなにも言わずに茜の肩を抱いて、部屋を出て行く。

その時、比呂はつい、「藤、お前、知ってた……？」と、訊いてしまっていた。

「なにをですか？」

「ばあちゃんが、もう死んでたって……お前、知ってた？　狗神は、知ってたの？　知ってて……俺を騙したの？」

うつむいた横顔に、藤の視線を感じた。しばらくして藤が「いいえ」と言う。

「……知りませんでした。信じていただけるなら」

その言葉に引っかかりを覚えて顔をあげた時には、もう藤と茜はいなくなっていた。

（本当に知らなかったのか？）

言われた言葉をそのまま受け止めることができない。誰が本当のことを言っているのだろう。狗神も、八咫の神も、藤も、茜も……誰が嘘をついていなかったのだろう。

なんだかすべてに騙されているような気がする。祖母がいなくなって、比呂が里に帰る理由もなくなったのだから、狗神たちにしてみれば都合がよくなったかもしれない。一度疑うと、そんなふうにしか思えなくなった。

猜疑心《さいぎしん》が頭の中を駆け巡り、けれどそれを考えるのも疲れて、比呂は布団に突っ伏した。綿入れを抱いたまま、比呂は眼を閉じてまた、眠ったのだった。


結局、比呂は自室に閉じこもったきり、三日もの間、祖母の作ってくれた綿入れを敷いて、その上に寝そべってただぼんやりと過ごした。

朝と昼と夜の一日三度、藤と茜が顔を出して比呂の様子をうかがう。そして夕方に一度、狗神が、必ず人姿で現れて、話しかけるでもなく比呂の様子を見て、十五分ほどで出て行く。

狗神がそれをなんのためにしているのかも分からなかったが、比呂にとってはそんなこともう、どうでもよかった。誰とも話したくはないし、なにもしたくなかった。口を開けば、胸の中に溜《た》め込んでいる嫌な言葉が、間欠泉のように噴き出しそうな気がしたのかもしれない。

祖母のお骨を入れた桐箱は、狗神が比呂と一緒に持ってきてくれたらしい。こまごました遺品類を入れた木箱もあり、あとで枕元に置かれていることに気がついた。けれどそれに、ありがとうとすら、比呂は言えなかったし、思いもしなかった。食事も摂らず、誰とも話さず、このまま死んでもう、息があるから生きているだけだった。

いいと感じていた。

縁側のほうから茜が心配そうに見ているのは分かっていたし、そばに呼んでやりたいと思わないわけでもなかったのに、なぜだか、「おいで」の一言が出なかった。心配そうな顔をしていても、茜も藤も狗神と同じ化け物で、人が人を想う気持ちなんて分かるはずがない――そんなふうにさえ、感じられた。

「比呂様、また、お食事をお食べにならなかったのですか……」

その日の夕方、手をつけていない膳を見て、藤が眉を寄せた。

比呂はずっと、食事をしていない。食べるのも億劫《おっくう》なのだ。

「……もう、作らなくていいよ。食わないから」

ぽつりと言うと、藤が眉を寄せた。怒っているような、悲しんでいるような顔だ。

「比呂様……前にも申し上げましたが、旦那様の神気のおかげで比呂様は食事せずとも生きてはいかれます。ですが、比呂様はもともと人の身。食べることは、心の上で大切です」

「――だから、いいんだってば。俺もう、いつ死んでもいいし」

なんの思惑があったわけでもない。正直な気持ちだった。けれど言うと、藤が驚いたように眼を見開いた。

「……なにを仰《おおせ》られます」

「ごめんな、真名を思い出せなくて。俺の利用価値、なんにもないだろ」

気がつくと比呂は、自嘲するように嗤っていた。藤が言葉を飲む気配がある。

「俺、あいつの真名なんて調べる気もないし。……あいつが死んだら、お前たち困るだろ。そういえば、八咫の神が言ってた、伴侶が神のかわりに死ぬことができるって。それ、どうしたらできるの？　俺、死んでもいいよ。そしたら、お前らも俺の世話をした意味がある……」

「——馬鹿にされてるのですか。私と茜がいつ、そんな理由であなたをお世話したというのです」

藤の声が震えていた。けれどなぜ震えるのだろう。比呂には分からなかった。

その時、縁廊からけたたましい足音が聞こえてきた。

「一体いつまで、そうしているつもりだ！」

比呂の部屋の襖《ふすま》が乱暴に開けられる。人姿をとった狗神だった。もう月の出る時間かと、比呂は顔だけ狗神へ向けた。狗神は、美しい顔を怒りに染めて歩み寄ってくるところだった。

「食事も食べず、なにも飲まず、なにも言わずに、うつけのように過ごすつもりか！」

「……そんなの俺の勝手だろ」

比呂は小さな声で反論した。藤が怒った顔で、部屋の隅へ下がる。

「――藤、狗神に言ってよ。俺を殺せって」

「……なんだと?」

眉を寄せ、狗神が言う。比呂はわざと、口の端を歪《ゆが》めて嗤った。

「ばあちゃんが死んでるって、本当は知ってたんだろ。……なのに俺をここに置いておくために、俺を騙してたんだろ」

「いつ私が、貴様ごときを騙したというのだ!」

狗神は怒鳴り、イライラと比呂に近づいてきた。そして、祖母の綿入れを摑《つか》む。ハッとした時にはもう、力尽くでそれを奪われていた。

「こんなものを後生大事にしているから悪いのだ!」

「か……返せ!」

大声を出したのが久しぶりで、喉がかすれた。取り戻そうと狗神に飛びかかったけれど、軽くかわされる。綿入れを高いところに掲げたまま、狗神は比呂の腕を摑んできた。

「いいか、食事は摂れ、まともに暮らせ。私の神気で死なぬとはいっても、死んだように生きるのでは意味がない! いつまでもうだうだと、祖母の死で自分を責めるのはやめよ、見ていて気分が悪い!」

怒鳴られ、比呂は震えた。ふつふつと怒りが湧《わ》き、狗神を睨《にら》みつける。

「……お前が嘘をついてたくせに!」

一度怒鳴ると気持ちが収まらなくなり、比呂は続ける。

「お前がばあちゃんを殺した……お前が里に雪を降らせてなかったら、救急車はもっと早くついたんだ！　俺がそばにいたら、死なせなかった……なのにそばにいられなかった。全部お前のせいだろ！」

比呂は空いた手で、狗神の厚い胸板をどん、と叩《たた》いた。鼻の奥がツンと痛み、涙がこみあげる。悔しさと怒り、後悔で、胸がつぶれそうだ。

「父さんの時だって、お前は父さんの魂を食った！　俺の父さんを殺したのはお前だ！　そのお前が、なんで俺にそんな偉そうな口きくんだ！　お前が神だからか!?　お前をずっと信じてたばあちゃん死なせて、なにが神だよ。お前なんか、祟《たた》り神だ、土地なんかすぐ売り払えばよかった、お前なんか、さっさと死んじまえばよかったんだ！」

狗神の金の眼に、一瞬、激しい怒りが燃え上がった。胸倉を摑まれる。比呂は、狗神の拳《こぶし》が振り上がるのを見た。

殴られると思った。今まで比呂が狗神を侮辱《ぶじょく》するたび、そうされてきた。

けれど――狗神はなにもしなかった。比呂の胸倉を摑んでいる手は、ぶるぶると震えていたけれど、やがて狗神は怒りを静めるように深く息を吐き出し、拳を下ろして比呂を放した。

「……怨《うら》むなら怨め。しょぼくれているよりは、まだ見るに堪える」

狗神の声は、静かだ。比呂の腕の中に、綿入れを戻す仕草もどこかそっとしていて、比呂は眼を瞠《みは》った。どうしてか、心臓がずきり、と痛んだ。狗神の眼の中に、淋しげな色があるように感じた。——錯覚かもしれないが。

「……食べたいものはないのか。他にほしいものがあるなら、持ってこさせる」

「お前、なに言ってんの？」

わけが分からなくなり、比呂はかすれた声を出した。なぜ急に、比呂を懐柔するようなことを言うのだろう。これも騙されているのだろうか。

「望みを聞いているだけだ。また里に行きたいなら……私が一緒ならいい。連れていってやる」

その瞬間、比呂の胃の中に、熱い痛みが走った。怒りなのか、悔しさなのか、自分でも分からなかった。気がつくと、眼の前の狗神の頰《ほお》を思い切り、ぶっていた。

「今さら……っ、言うのかよ！　ばあちゃんが死にそうな時はきいてくれなかったのに！」

どんな言葉よりもひどい。比呂にとって、もう里に帰ることなどなんの意味もないのだ。

「ああ、そっか、分かった。お前は人間が嫌いだから、俺にひどいことするんだな！」

狗神はなにも言わず、ただ眉を寄せている。

「俺だってお前なんか嫌いだ、お前のことなんか、二度と信じるもんか……っ！」

あたりが、水を打ったように静かになった。

部屋の隅で藤が固唾《かたず》を吞み、茜が震えている。狗神は静かだった。

「……そうか。勝手にしろ」

それだけ言うと、すうっと、煙のように消えていた。あまりに呆気なく引き下がられ、比呂は顔を背《そむ》けたまま「なんだよ」と呟いた。どうしてだか、自分一人が狗神をいじめたような——そんな、後味の悪さが胸の内に残る。不意にその時、成り行きを見ていた茜が、小さな体ごとぶつかるようにして飛んできた。

「比呂さま……、おねがい、旦那さまと仲なおりして」

茜は必死な様子で、比呂の腰にすがりついてきた。

比呂がこの屋敷に戻ってきてから、茜がまともに話しかけてきたのはこれが初めてだ。比呂は茜の顔を見下ろし、眉を寄せた。なんだか、わけもなく苛立った。

「……なんで俺があいつと、仲良くしなきゃならないんだ？　あいつのせいでばあちゃんを死なせたのに」

「ちがう、ちがうの」

茜は眼に涙をため、ぶるぶると首を振った。

「雪はね、旦那さまじゃなくて、熊の神さまがふらせてるものなんだって。八咫の神さまに怒った熊の神さまが、ずっとふらせて探してたって。八咫の神さまは黒いから、まっ白にしたらよくみえるでしょう？」

「熊の神域はずっと奥だろ！　適当なこと言うな！」

比呂は初めて、茜を怒鳴りつけていた。茜は青い顔になったけれど、それでもまだ、退かなかった。

「ちがうの、ちがうの。旦那さまはお名前がなくなって、比呂さまとも仲良しじゃないから、お力が出ないんです。だからがんばって、とめても、やっとあれくらいだったの。比呂さまと仲良しになったら、もっと力が出て、雪もとめられるから――」

今度こそ、比呂はカッとなった。

「じゃあなんだ、俺があいつと仲良くしないから、悪かったっていうのか!? だから、ばあちゃん死なせたのは、結局俺のせいだってことか！」

「ちが、ちがう。ちがいます」

茜はかわいそうなくらい震えていた。けれど比呂は、止まれなかった。眼の前の可愛い茜が、急に憎たらしく思えたのだ。暴力的な気持ちが湧き、自分でも自分の感情が止められなくなる。

「お前も藤も、最後には狗神なんだ！　どうせお前らは人間じゃないから！　もともと、都合がいいから俺を連れて来ただけで、お前らにとっては俺じゃなくても同じなんだろ、ばあちゃんが死んだこと、せいせいしてるに決まってる――……っ」

そこで、比呂は言葉を止めた。

自分を見上げている茜の眼に、大粒の涙が盛りあがり、ぽろぽろとこぼれていた。

とたん、茜は「ふぇ……」と涙声を漏らした。可愛い顔が赤くなり、頑張って保っていたものが切れたように、茜は泣き声をあげて比呂の前から走っていった。

比呂はようやく、我に返った。呆然《ぼうぜん》とし、今自分は茜になにを言ったのだろう——と、思う。

その時、頰に鋭い痛みが走った。藤に、引っぱたかれていた。

「叩かれたほうが、まだいいでしょう。あなたのために叩いたのですよ」

切れ長の眼を細め、藤が淡々と言った。

「——茜が言ったのは、本当です。雪を降らせているのは熊の神です。それは、八咫の神を探すためでした。旦那様はずっと雪を食い止めて、里には降らせないできたのですが、神社が傷つけられ、真名をお忘れになった。それで力が弱り、里にまで雪が降ったのです」

お父様のことですが、と、藤が続ける。

「神域に入って死ぬと、その魂は迷い続けます。旦那様は山で人が死ぬと、その魂を呑み込んで、黄泉路《よみじ》まで届ける手伝いをしていらっしゃる。食べたわけではなく、あなたのお父様を、正しく導くためにしたことです」

お父様はあの時、とっくに、亡くなっていたのですよ、と、藤が呟く。

「お祖母様のことは、本当に私たちは知りませんでした。旦那様は雪で里が埋まらぬよう、神気を使い続けています。他に割く余裕などありませぬ。たしかにここが外とは時の流れが違うことを、私は言いませんでした。言えばお辛いだけだろうと……それは、謝ります。ですが、あなただって、なにも分かってはいらっしゃらぬ」

比呂は思わず、藤を見た。切れ長の美しい藤の瞳に、涙が浮かんでいた。それは比呂が知る限り、初めて見る藤の——弱さだった。激しい感情だった。

「……旦那様がどんな方か、雪を降らせたのは自分ではないと言わない、お父様の魂を奪ったわけではないとも言わない。言わないのではなく、言えないのです。その旦那様のことを、比呂様は分かろうとしない。今私が言ったことも、結局は、比呂様が信じてくださらねば、意味がない」

藤が悔しそうに震え、

「あなたのほうが、私たちを受け入れないのです」

と、言った。言われた言葉に、比呂は頰を打たれた気がして、声をなくした。

「あなたが八咫の神にさらわれた時、私は後悔しました。もっと私が気をつけていればと思い、今この瞬間にも、あなたが殺されてはおらぬかと辛かった。茜も同じです。茜は夜通し泣き続けていました。比呂様のお部屋から、いくら言っても出てこなかった」

藤の眼に溜まっていた涙が、一筋、頰を落ちる。

「やっと帰ってきてくださったあなたは……傷つき、見てはおられぬほどうちひしがれていた。肉親を亡くしたあなたを見て、私も茜も悲しかった。心配しました。それなのにあなたは私たちを遠ざけ、疑っていた。その気持ちも分かります。けれどあなたに頼ってもらえず、私も、心折れるほど、辛かった」

藤が着物の胸元を、ぎゅっと摑む。その拳は震え、乱れた打ち合わせから、藤の胸元いっぱいに——毒々しいほどの、赤い紋様が広がっているのが見えた。八重咲きの花のような、毒々しい形。そのまがまがしさ、そして痛々しさに、比呂はハッと息を呑んだ。こんなものは、前にも、藤の胸にあっただろうか？

「……藤、その、赤い模様……」

思わず言うと、藤がうつむく。

「これは私の血です。あなたを思い、心配し、心を痛めて、私の心が流した涙です」

比呂は胸を撃ち抜かれたような気がした。

呆然として、藤を見つめる。

「同じものが、茜の胸にもあります。比呂様。あなたのことを、私たちが愛していないと、なぜお決めになるのでしょう。あなたがどうでもよければ、これほど傷つきません」

絞り出すように言う藤の声。美しい瞳から、ぽろぽろと涙がこぼれている。

耳の奥に——心ある者はみんな同じ、と言った、祖母の言葉が返ってくる。

——心ある者はみんな同じ。誰もが傷つく、誰もが悲しむ。誰もが許せる……。だからどんな相手も、自分と変わらないと知りなさい。傷つければ、痛いと思いなさい。

いつだったか、比呂が友人とケンカをした時、そんなふうに言われた。その時は比呂が悪かったので、祖母にはお尻を叩かれて叱《しか》られたのだ。

（ばあちゃん……俺、間違ったかもしれない）

十年前、狗神が比呂を迎えに来ると言った時。そもそも、入ってはいけない場所に入ったのは、自分だった。父が死んだ最初の発端も、ここに連れてこられているきっかけも、結局は比呂自身にある。

狗神は神気が弱まり、月の光がなければ人姿もとれないほどだという。

それなのに、熊の神のところまで神域を超えて比呂を助けに来てくれた。……よく考えたら、狗神には鈴弥がいて、真名のことさえなければ、比呂など必要ないのだ。そして真名だって、比呂は思い出せないのだから、わざわざ助けに来る価値があったのか分からない。それでも、来てくれた。

——それに、この屋敷に戻ってきてから、狗神は一度も比呂を抱こうとしない。一度も、狼の姿で現れない。もしかしたら狗神なりに、比呂を気遣ってくれていたのではないかと、今さらのように気がつく。

藤は涙をそっと拭《ぬぐ》い、「失礼します」と部屋を下がっていく。

——あなたのほうが、私たちを受け入れないのです。

藤の言葉が、胸に痛かった。比呂は部屋を出た。すぐ庭先の植え込みの陰から、赤茶色の可愛い尻尾が覗いている。その尻尾が、小さく震えている。

（かわいそうに……）

きっとても、怖い思いをさせた。

罪悪感に泣きたくなりながら、比呂はそっと茜に近づいていった。

「……茜」

声をかけると、尻尾がびくっと震えた。そのままじっとしている茜に、比呂はしゃがみこみ、「ごめん」と謝った。

「ひどいこと言った。茜は俺のこと、好きだから、言ってくれたんだよな」

言う内に、知らず知らず、涙がこみあげてきた。どうして——それを、分かってあげられなかったのだろうと、今さらのように思う。

比呂は茜の好意に気づいていたはずだし、素直に可愛いと思っていたのに。

心の奥底では、どうせ茜も人ではないのだと、自分と隔てていたのだろうか。たとえそうだとしても、茜が比呂を想ってくれている気持ちは、人と変わらないはずなのに。

間違った時は、どうしたらいいのだろう、と比呂は胸の奥に問いかける。すると答えは返ってくる。

——また頑張るだけだいね。

祖母の言葉が、胸の奥に痛いように染みてくる。もしも祖母なら、きっと、こんな時茜に、藤に、狗神に歩み寄っていくだろう。

「……ごめんな。俺も、茜が好きだよ」

植え込みの陰から、涙でぐしゃぐしゃになった茜の顔が、怖々と出てきた。その顔を見ると、比呂の胸の中に強い愛しさが湧いてきた。同時に、身を切るほどの申し訳なさも。

「……比呂さま」

茜が細い声をあげ、それから、わっと泣いて、比呂の胸に飛び込んでくる。その小さな胸に、真っ赤な模様ができていた。藤と同じ赤い血だった。比呂を想い、比呂のために苦しんだ、茜の心の傷だ。こんなに小さな、子どもでしかない茜の柔らかな肌に、ひどい傷を作ってしまった。それが痛くて、悲しくて、申し訳なかった。

(こんなに、弱くて、こんなに、素直な生き物だなんて……)

思っていなかった。茜も藤も、心の傷や痛みが、こんなにも素直に外に見えてしまう。それが——神々の一族、なのかもしれない。だとしたら、茜がこれほど可愛く、藤があれほど優しげで、そして狗神が見とれるほど美しいのはどうしてなのだろう。彼らの心が、姿そのままだからではないと、どうして言えるだろう？

茜を抱きしめ、髪を撫でる。

茜の体からは、森と太陽の匂いがする。

こんなにも難しいのだ。茜のように、素直で可愛くて、初めから比呂に好意を寄せてくれ、比呂も可愛いと思った、そんな相手でさえ、分かり合うこと、大切に思い合うこと、必要としてくれていると感じ、必要だと思うこと、そして……相手を信じることは、難しい。

信じるには勇気がいる。言葉や心、眼に見えないものを信じねばならないのだから。

（狗神と上手《うま》くいかないのは、当たり前なんだ……）

それは狗神が神だからではない。狗神が、簡単に本音を口にする性格ではないからだ。そういう性格の人は、人間にだっている。人と神だからではなく、心ある者同士だから、分かりあうのが難しいだけ。けれど心ある者同士だから、分かりあうことができる。

（俺は自分と上手くいかない人たちのこと、今まで、分かろうとしてきたこと、あったかな……？）

クビにされたコンビニエンスストアの店長や、墨田というアルバイト先の同僚。

彼らの事情や彼らの気持ちを、理解してみようとか、考えてみようと思ったことがあっただろうか。いつでも自分の気持ちに正直に、間違っていないからいいと思って生きてきた。それが悪いことだとは思わないけれど、もしほんの少し、理解してみよう、分かってみようと思う気持ちがあったなら、結果が違っていたこともたくさんあったのかもしれないと――今さらのように思う。比呂だって、間違いはいくつも犯す。

（狗神に、謝ろう）

そして、話をしてみよう。狗神に連れ去られてから初めて、そう思った。

自分は連れて来られただけ、悪くないと考えてきたけれど、十年前に神域に迷い込んだその日から、この運命は比呂の問題だった。

そしてできることなら、狗神のことをもっとちゃんと知りたい。本当の狗神を知りたい。

神としてではなく、人間とは違う獣としてでもなく、ただ、名前をなくしている一人の──

心を持った相手として。

七

鳥居をくぐり抜けると、薄暗い狗神《いぬがみ》の部屋へ入れた。

奥のほうで狼姿のままぐったりと横たわっていた狗神が、顔をあげると眼をすがめ、『藤《ふじ》ではなかったのか?』と言ってくる。比呂《ひろ》は藤に謝り、頼みこんで、この部屋につないでもらったのだった。その藤は外で待っている。起き上がり、体を震わせた狗神を見て、比呂は「待って」と声をかけた。

「人間にならなくていい。辛いんだろ? べつにお前がその姿でも、俺、怖くないから」

そう言うと、狗神は金の眼を細めたまま、どこか疑わしそうな顔をしていた。けれど体がきついのか、すぐにまた横たわってしまった。

「……熊の神とやり合った時、怪我《けが》、してたよな? 痛い?」

答えない狗神に構わず、そろそろと近づくと、比呂は狗神の傷を探した。銀の毛にはいつもの艶《つや》がなく、狗神はどこかぐったりとして見えた。

（……こんなに、疲れてたんだ）

比呂は今さらのように気づいた自分が、なんだか少し情けなかった。

この三日間、自分のことばかりで、周りがどんな状態だったのかまったく見えていなかった。よく見ると、狗神の毛にはところどころに血が飛んでこびりついている。脇腹にもまだ血がついていたが、喉の下あたりは深くえぐれているのか、真っ赤になっていた。

その姿が痛々しく、胃の奥がきゅっと痛み、比呂は息を呑んだ。

『……なんだ。なにをする』

ちゃんと傷を知りたい。そう思ったとたん、比呂は狗神の体に触れていた。不審げに訊かれたことに「傷、見せて」と答えた。毛をかきあげると、そこには熊の神の爪痕が生々しく、三本走っていた。肉がえぐれ、血がにじんでいる。思った以上にひどい傷だった。

足の先が震えてきたけれど、それは怖いというよりも、狗神がどれほどの危険を冒して自分を助けにきてくれたのか、今になって分かったからだった。

『おい』

不意に、狗神が声をあげた。なにかに背を押されたように、比呂は気がつくとその傷に顔を埋めていた。血と肉の、獣の匂いがむっと鼻先に漂う。比呂は深くえぐれた傷の一つへ、そっと舌を這《は》わせていた。甘い血の味が、舌先に広がる。とたん、狗神が飛び退《の》いた。

「痛かったか？」

『違う。なにをするのだ』

「治そうかなって……。俺と寝たらお前、力が出るんだろ？　舐《な》めても効果あるかと思って」

言いながら、なんだか狗神の反応がおかしなことに気がついた。よくは分からないが、いつものように怒ってくるわけでもなければ、じゃあやれと命令してもこない。大きな耳が、困惑したようにぴくぴくと動いている。

「いいから、手当てさせろ。弱ってるんだろ？　それに、俺のせいでついた傷だし……」

狗神の反応がよく分からないので、比呂は無理やり近づいて、また傷口を舐めた。口が血で汚れたけれど、気にならなかった。狗神は今度は抵抗しなかったかわりに、いつの間にか人の姿に変わって、比呂の両肩を摑んできた。

「だから、無理して人の姿にならなくていいって言ってるのに」

「無理などしておらん。……なんだ、どうしたんだ、一体。意味が分からん」

顔をしかめて言う狗神に、俺がお前を心配したらいけないのか、と憎まれ口を叩こうとして――比呂は、やめた。

着物の打ち合わせから覗く狗神の厚い胸に、真っ赤な模様があることに気がついたのだ。それは、茜《あかね》や藤の胸にあったのと、同じ模様だった。

（お前も、俺を心配してくれたのか……？）

体の奥が、どこか熱く、そして切なくなる。罪悪感と後悔。喜びでもなく、悲しみでもない切なさに、ただ胸が締めつけられた。

無意識に、そこへ指を寄せる。

「これ……俺のせいだよな?」

……なんて悲しいのだろう、と比呂は思った。なんて素直で、悲しい生きものなのだろうと。

山を動かすほどの力を持つ神でありながら、比呂一人のために、こんな傷を負うのかと思うと、たまらない切なさで胸が絞られる。

着物の打ち合わせを緩めさせると、まだ新しい模様の下に、もっと古い、黒ずんだ模様がいくつもいくつもついているのが見え、比呂は眼を瞠った。赤黒い刺青《いれずみ》のような模様は、狗神の心臓からこぼれた血のように左胸についている。

「……この古いのは? これも、お前が人間のせいで、ついた傷?」

訊くと、肘のところを持たれて、指を止められる。

「どうでもいいだろう」

すげなく言われ、比呂はムッと狗神を睨んだ。どうでもいいことじゃないから訊いているのだ、と思う。

「なんでそうやって、すぐ隠すんだよ!」

怒鳴ったあとで、これではいつもと同じだ、また言い争いになるだけだと気づき、比呂は声を落とした。自分はケンカをしたいのじゃない。狗神と、もっと――もっと、

（分かり合いたい……分かりたいんだ、俺は、お前のこと）

「……なあ、ちゃんと教えて。お前がどんなことに苦しんでるのか。……俺が助けられることなのか。俺のこと、心配した？　どうして、熊の神のところまで、来てくれたんだ？　人間は、お前に、どんなひどいことをしたの……」

本音を言うのは、これほど怖いものだったろうか。狗神に拒まれたら傷つく。そう思うせいか、比呂の声は震えた。

「ちゃんと知りたい。お前のこと、分かりたい……ごめんな。これ、痛かったよな？」

胸の傷に手を合わせ、比呂は眼を伏せた。狗神の痛みなど比呂には分からず、想像するしかないのだ。想像しかできない痛みというのは、自分が感じる痛み以上に、痛く感じる。

狗神は、喉や脇腹も血濡れていたのに、どうしてこれまで狗神の傷に一度も気づかなかったのかと、比呂は悔やんだ。きっと気づこうともしなかったせいだ。

「私など、嫌いではなかったのか？」

言われて、一瞬厭味《いやみ》かと思った比呂は、すぐに狗神がただ困惑しているのだと気がついた。

眉を寄せて、比呂を見下ろしてくる狗神の眼の中に、戸惑う色がある。

赤い模様に唇を寄せようとすると、ぐっと引き寄せられて、止められた。

「もういい」

比呂は、よくない、と言おうとした。けれどその言葉は、吸い込まれた。狗神の唇の中へ。

腰を引き寄せられ、顎《あご》を持ち上げられて、比呂は口づけられていた——。

ここへ連れて来られてから、キスをされたのは初めてだった。深く唇が合わさると、熱い舌が、口の中へ入り込んでくる。

どうしてか、いやではなかった。いやではないどころか、口づけられたとたん、体の中に甘い物が駆け抜け、膝から力がぬけた。抱き竦《すく》められると、狗神の逞《たくま》しい胸板が、比呂の薄い胸にぴったりとくっついた。

体温が近づくと、肌がざわめいた。不思議な引力に引き寄せられるように、比呂は狗神の背中へ腕を回してしがみついていた。そして、そうやって初めて——分かった。自分は本当は、もっとずっと前からこうしたかった。ずっとずっと前から、こうして、狗神の体を受け入れたかったのだと。

狗神の体から、森の匂いが濃く香る。それが比呂の肌にもうつってくる。ちゅ、と音をたてて唇が離れ、その甘い口づけに、比呂はくらくらした。こんなキスの仕方を、知っている男だとは思っていなかった。

眼を開けると、美しい二つの金の眼が、じっと比呂を見つめている。その視線から、これまで見たことがない妙な熱を感じる。ぎこちない沈黙のあと、狗神にそっと、「抱いていいか？」と、訊かれた。とたん、比呂の心臓が、どくんと跳ね上がる。体が熱くなり、どうしていいか分からないほど、ドキドキする。

「……抱いても、いいか？」

もう一度、訊かれた。この意味は、分かっている。怪我をした狗神にとって、比呂を抱くことが早く回復することなのだろう。それが伴侶の務めであり、抱くことに特別な感情などないはず——それなのに、動悸が激しくなり、甘い気持ちになった。

狗神にしがみついたまま、まっ赤な顔で頷く。

すると膝を持ち上げられ、次の間の布団の上に、驚くほどそっと下ろされた。

（……こいつ、こんな、触り方、できたんだ）

女の子か、お姫様か、まるで壊れ物に接するような態度に、比呂は驚き、恥ずかしくて顔をうつむけた。なぜ急にこんなふうに扱われたのか、分からなかった。これまでは突き飛ばされ、押さえこまれて抱かれていたので、なんだか調子が狂う。

続けられた愛撫《あいぶ》も、今までのおざなりで性急なものとはまるで違っていた。そっと着物の帯を解かれ、はだけさせられた胸と乳首をやわやわと撫でられる。羽根が触れてくるようなもどかしい触れ方に、比呂はぴくん、と肩を揺らした。

やがて、狗神の熱い舌が、ねっとりと比呂の乳首にかかった。

空いた手でもう片方を弄《いじ》くられる。胸元に甘い快感が走ると、比呂の下腹部にある狗神の印が熱くなった。とたん、葉模様の印から全身に、白湯《さゆ》が広がっていくような快感が打ち寄せてきた。体の芯《しん》に甘酸っぱいものが走り、比呂の後孔がきゅうっと締まる。

「あ……、あ、ん、ん……っ」

乳首もこりこりと固くなり、捏《こ》ねられるたびに下腹部へ切なさが募って、比呂は甘えた声を出してしまう。

（恥ずかしい……）

恥ずかしいけれど、気持ちが良い。もっと触ってほしくて、気がつくとねだるように胸を反らし、狗神の頭を抱いて、その唇に乳首を擦《こす》りつけていた。熱い舌が、生き物のようにちゅるちゅると比呂の乳首を吸い、転がす。

不意にその時、着物と下着の中で勃《た》ちあがった比呂の中心へ、硬いものが押しつけられた。大きくなった狗神の性だ——。狗神は膨《ふく》らんだ性器を、比呂のそれへごりごりと押しつけてくる。

「あ、あ、ん、お、お前……」

煽《あお》るようなやり方に、比呂は思わず言った。

「……こ、こういうこともするんだな」

「……こういうこと？」

乳首を口に含んだまま訊かれ、背筋にもどかしい快感がぞくっと走った。比呂は消え入りそうな声で、「普通に、優しく、触ったりとか……」と、言った。

狗神は比呂の胸元で眉を寄せると、「ふん」とすねたように呟いた。

「……べつに、したくなかったわけじゃない」

「したかったのか……？」

意外に思って訊くと、「自惚《うぬぼ》れるな」と返ってきて、比呂は意味が分からない、と思った。思ったけれど、すぐに、これは狗神なりの照れ隠しなのかもしれない、と感じた。

（もしこいつに、茜みたいに耳と尻尾があったら）

今、どんなふうに動いていただろう。憎まれ口を叩きながら――尾だけは、振られていたかもしれない。なんの根拠もないけれど、なぜだかそんな気がして、比呂はくす、と笑った。と、狗神が眉を寄せた。

「集中しろ」

そう言って、比呂の乳首を歯で軽く、噛《か》んでくる。

「あ……っ」

甘酸っぱい刺激に、ひくんと腰が跳ねた。不意に、なにかふさふさとしたものが比呂の乳首に触れ、優しくなぞっていった。

「あ、あ、や……っ、くすぐった……」

それはつい今しがた考えていた、狗神の九尾の尾だった。耳はないが尾だけ出した狗神が、それをうねうねと動かしながら、比呂の両の乳首を刺激してくる。毛がちくちくと先端に刺さると、それだけで乳首がうずき、甘い快感が腰にびりびりと走った。

「あ、あ……っ、んっ」

「なにも考えられなくなってきたか？」

尊大に言いながら、狗神は他の二尾も手のように操って、比呂の下着をはぎ取らせた。そして、半分勃ちあがり、じっとりと濡れ始めていた比呂の性器に、尾をぎゅうっと巻きつけてきた。

「あ……、あっ、んっ、やぁ……っ」

驚いて上半身を起こしかけ、比呂はすぐにへなへなと崩れた。狗神の尾が比呂の性器を絞り、先端の鈴口を、細い毛で嬲《なぶ》ってきたのだ。柔らかな筆で、くまなく弄られているような快感。比呂のものは先走りで濡れ、狗神の尾を湿らせる。もっと悪いのは、乳首と性器を弄られてもだえている姿を、狗神にじっくりと見られていることだった。

「や、あ、あ、み、見るなよ、あ……っ」

「私に命じるな」

狗神が、楽しそうに微笑《ほほえ》む。とたんに、もう見るなとは言えなくなる。どうしてか、体の芯にきゅうっと深い快感が走り、比呂は「ああっ」と高い声をあげていた。

（……こいつがちゃんと笑ってるとこ、初めて、見た）

ぼうっとその笑みに見とれていると、覆い被《かぶ》さってきた狗神が、比呂の唇の上でちゅ、と音をたててキスをしてくれた。優しい口づけだった。金の瞳の中には、今も穏やかな笑みが含まれている。

「お前、こういうセックス、好き？」

「……せっくす？」

分からないように訊き返され、比呂はまた少し、笑ってしまった。千年も生きているのに、藤は知っていたのに、狗神は外来語に乏しいらしい。

「……こうやって……抱き合うこと。お前、本当は、こういうほうが好きなの？」

「こういうほう？　どういう意味だ」

不思議そうに眼をすがめる姿が、どこか子どもっぽい。比呂は手を伸ばし、狗神の銀髪を撫でた。犬にするように、耳の裏をくしゃりと掻《か》く。

「こういう……優しくしてくれるの……俺は、好き」

そっと言うと、狗神がまた、深く口づけてくれる。同時に長い指が、比呂の後孔へゆっくりと潜り込んできた。

「あ……っ、あん、あ……っ」

不意に、ヘソの紋が一瞬、熱くなる。中が濡れたようにほころび、比呂は腰をひくひくとうごめかした。

「お前のいいところは、このあたりだな……」

言われたかと思うと、そのとたん、比呂の腰に衝撃が走った。

それは甘い衝撃だった。狗神の指がある場所を擦るたび、性器の先端へ、乳首へ、体の奥へ信じられないほど切ないものが走り、体が一瞬浮いたように蕩《とろ》ける。

「あっ、あ、や、なに……っ」

「ここにお前の感じる場所がある」

狗神はどうして知っているのだろう。神だからなのか。それにしてもこれまで、ここを愛撫してくれたことはない。けれど訊くこともできなかった。あまりに深い快感に引きずられ、比呂は高い声をあげて、腰をびくびくと揺らめかせて感じ入った。

「あ、あっ、だめ、い、いく、俺、いっちゃ……あっ」

比呂は首をのけぞらし、甲高い声をあげた。

信じられない。

後ろを弄られただけで、痛いほど張り詰めた性器から、白濁が迸《ほとばし》っていた。くったりと力をぬき、浅い息をしていた比呂の後ろから、狗神が満足そうに指を抜き出す。

「気持ちよかったろう……?」

こめかみに口づけてもらいながら、比呂は狗神に抱き上げられた。体に力が入らず、赤ん坊のようにされるがままだ。そんな比呂に、狗神は何度となくキスを落としてくれる。

「……キス、好きなの? あ、キスって、口づけ」

顔中に口づけられ、比呂はまだひくひくと震えたまま、思わず訊いた。

「いや」

と、否定しながら、狗神はまた、比呂の額に口づけた。

「……たまたま、してやろうと思うだけだ」

（――それ、自分がしたい、って言うんじゃないの？）

とは思ったけれど、言わなかった。言う前にまた、口づけられていたのだ。

いつの間にか四つん這いにされて、腰を高く上げられる。溶けた後孔に、狗神の熱い性器があたった。大きく、硬く、太いその杭《くい》が、一息に、比呂の中を貫く――。

「あっ、あ、あー……」

一瞬痛みが走ったけれど、それはすぐに、蕩けそうな感覚に変わる。狗神の杭が中で擦れるだけで、溶けてどろどろになるようだった。これまでに何度か寝ているのに、その悦楽は、今まで一度も味わったことがないほどに深い。

「あ、あ、あっ、ん、や……」

甘すぎる快感に、突き入れられるたび先走りが飛ぶ。布団に顔を押しつけ、比呂は喘《あえ》ぎ、我をなくして乱れた。

「ああっ、んんっ、あ、や、あー……っ」

「すごいな……なんだ、これは」

比呂を揺さぶりながら、狗神もまた、呻いていた。浅い息の中で、「こんな感覚は、初めてだ……」と呟く声がする。

「お前の中で、溶けてしまいそうだ……」

耳元で囁《ささや》かれる声さえ、比呂の快感になった。

体中にじいんと痺《しび》れが走る。狗神の犬歯が、比呂の背中をカリ、と甘噛みする。とたん、えもいわれぬ快感が全身を貫いて、比呂は、達していた。一拍遅れて、狗神の迸りが中を濡らす――。

「あ、あ、あ、あ……っ」

狗神の精にまた感じ、比呂ははしたなくも、再び吐精してしまった。体が弛緩《しかん》し、なにもかも溶けていくような感じだった。布団の上に倒れると、すぐに狗神の厚い体が被さってきた。

狗神の広い胸に、比呂の背中がくっつき、それがあまりにじっくりと馴染《なじ》んで、くっつきあったところから同じ体に変わってしまうようだった。

命の奥でしっかりと交わったように、体の内側から指の先まで、白湯のような温かいものが伝播《でんぱ》し、満ちていく。

「……力が、溢れてくる。こんなことは、初めてだ」

千年生きてきて、と、耳元で狗神が呟いた。どこか呆然とした口調で。

「初めてだ、交わりがこれほど、深いものだとは……」

耳の裏に口づけられ、比呂はひくん、と震えた。中に入ったままの狗神の性器がまた、大きくなる。

「お前が、これほど、愛らしかったなど……」

聞こえるか聞こえぬかの声で囁かれ、一瞬、聞き間違いかと思う。

次の瞬間、狗神にきゅっと乳首をつままれて、比呂は「ひゃっ」と声をあげた。

「こら……、あ」

浅い息をしながら文句を言ったけれど、顎を上向けられ、口づけられるともう、なにも言えない。片膝を持ち上げられ、狗神の尾で性器に触れられると、比呂の体には呆気《あっけ》なく火がついた。

「もう一度させろ。……だめか？」

既に比呂の中をゆるゆると突いてきながら、狗神が訊いてくる。

「今イッたばっかりで……あ……」

文句を言っていたのに、横抱きの状態で中をかき回されると、腰が勝手に動いた。気がつくと、仰向けに組み敷かれていた。

「知っているか、狼の睦《むつ》み合いは長い。……お前と、睦み合ってやる」

熱に浮かされたような狗神の言葉は、やはり傲慢《ごうまん》だ。けれどどうしてか、「睦み合いたい」と言われている気になるのだから、比呂の耳もおかしいのかもしれない。求められている気がすると、比呂の中にも深い悦楽が点《とも》る。

「あ、あ、あー……っ」

中に熱いものが注がれる。比呂は胸を反らし、腰をぶるぶると震わせながら、三度めの精を、勢いよく放っていた。


その日、比呂はまた、夢を見た。

一頭の狼となって、走っている夢だ。

力強い脚。豊かな銀毛が、木漏れ日にあたってきらめく。駆けると、風のようになれる。大地を蹴《け》る足に、力がこもる。体中でこの土地の力を感じていた。

――速い。速い。私は速い。私は神。私はこの地のすべて。私が根を張る大地。

喜びが体の中を駆け抜け、狼は吠えた。山々が呼応し、木々も空も狼の声に目覚めたようにうごめく。万物が狼に従い、万物が狼の力だった。

走り抜けたあとには、次々と花が咲いた。緑の匂いに、花蜜《みつ》の香りがまざりあう。咲き乱れた花々が風に花弁を散らし、狼の銀毛をとりどりに彩って流れていく。

深い喜びと一緒に、狼は飛び上がった。山の下へ下へ落ちていく途中、狼の体は溶け、肉も骨も消えて、もっと大きく、もっと豊かなものに体が作り変えられていった。

――約束をしてください。主様。

誰かが言っている。それは里の人間たちだ。彼らは狼を愛したいという。そのかわりに、愛を返してほしいと。なんと哀れな者たちか。愛だけが、彼らの差し出せるものだと言うのだ……。狼は彼らを、気に入った。彼らの愛を受け入れた。

――よいだろう。私はよい神になろう。お前たちに名前を預け、お前たちを守ってやろう。私の情を、お前たちに与えてやる……。

日の光がいっぱいに狼を包む。葉擦《はず》れの音がし、小鳥たちが歌い、人々の笑う声が聞こえてくる。里には緑が溢れ、稲作した田んぼに黄金色の稲穂が揺れている。着物を着た子どもたちがあぜ道を駆けていき、狼の眠る場所を通る時、ぺこりと頭を下げていくのだ。

なんとよい里だろう。なんと美しく、愛しい里だろう……。

心地よい眠りと満足が、狼を満たしている。感謝と愛、すがる気持ちが里人たちから伝わると、狼の心は震えた。助けてやりたいと思い、愛し返してやりたいと思う。

いつしか日が暮れて、狼も眠る。

ふと目覚めると、里は様変わりして、誰もいなくなっていた。

看板が立ち並び、大きな機械が侵入してきて、大地を削った。すると狼の体から、血が噴き出した。痛い、痛い、痛い、痛い。

誰かが狼のことを疎んでいる。邪魔だと話している。

――この神社も木も、全部邪魔だなあ。

――古い信仰だ、御利益も祟りもないさ。狗神なんていやしない……。

痛い、痛い、痛い。

狼は切られ、削られ、血を出している。

愛した里人を探したが、誰もいない。あれほど狼の周りにいた人たちが、今はもう一人もいない。

心の奥底に、ぽっかりと穴が空いた。空いたところへ、見知らぬ、狼を傷つける者たちの心が入ってくる。狼を邪魔だと思う心、いないと思う心、それが狼の体を痛めつけ、傷つけていく。狼は混乱し、泣いた。

——私を忘れたのはどうしてだ。私が悪いのか。

——誰も私を、必要としていない……。誰も私を愛していない……。


眼を覚ましたら、比呂は泣いていた。

心の中に深い絶望と恐怖、そしてもっと奥には、笑っていた子どもたちへの、美しい里村への深い愛があった。愛——そうだ、これは、愛だ。古く寂《すた》れ、とうに失われた時への。

起き上がると、すぐ横に人姿の狗神が座っていた。

裸のままの背を丸め、両手で顔を覆って、うつむいている。小さな明かり障子《しょうじ》から、青白い月光が差し込んで、狗神の横顔にかかる銀の髪を、白々と照らし出していた。

「……狗神？」

　そっと声をかけ、比呂は、我知らず狗神の背に、そっと手をあてていた。逞しく強い背中は人肌のように温かく、子どものように怯えて、震えていた。

「……夢を見ていた」

　顔を覆っていた両手をとると、狗神はぽつり、と呟いた。

「長い間、眠っていてもなんの夢も見なかった。……久しぶりに見た。あれは——過去の私だ」

　顔をあげた狗神の眼に、まるで狗神自身でさえそれと気づかないように、涙が浮かんでいた。狗神の強い感情、まるで人間のような悲しみ方を見て、比呂は胸を摑まれたような気がした。

「忘れていた。私は里人を、愛していたのだな……」

　銀色に輝く長い睫毛《まつげ》の下から、宝石のように涙がきらめいて、こぼれ落ちた。比呂はどう言えばいいか分からず、黙って聞いていた。

「愛していた。だから……私は八咫のように、真名を移して里を去ることができず……こんなことになったのだ」

　流れる涙を拭うこともせず、狗神は自分の、裸の胸を撫でる。そこには赤黒い模様が浮き上がっている。

「この古い紋様……これは私が、里人に捨てられ、忘れられていった証だ」

狗神の声は静かだけれど、語尾はかすれ、震えている。

「これは、五十年前、里から人がいなくなった時。こっちは、二十年前に、私の土地が売られた時。……まだ新しいこのあたりは、私の土地を削られた時のもの……」

体についた紋様を、一つ一つなぞりながら、狗神が言う。

「私は悲しみ、そして怨んだ。……なぜ私をこんなめにあわせるのだと。けれど同時に、許してもきた。いつか思い出してもらえると――それでも……忘れられた」

――忘れられたのだ。

と、もう一度、狗神は言った。怒りになのか悲しみになのか、その声が震えている。

(……こいつは、めちゃくちゃ傷ついてるんだ)

比呂にはなぜだか急に、狗神の心がほんの少しだけ、見えてくる気がした。

(狗神の心は、まるで……鏡だ。すごくきれいな鏡。人の心も、自分の心も、素直に映し出してしまう……)

怒りを向けられれば怒りを、恨みを向けられれば恨みを、けれど愛情を向けられれば愛情を返してしまう、玻璃《はり》の鏡だ。

まるで子どものように、素直な心。そしてその感情が、天気や姿にまで表れる。だから狗神が怒れば雷鳴がとどろくし、機嫌が悪ければ土砂降りになる。傷ついたらその心の血が、胸の上に赤いしみになる……。

その素直な心で、狗神はどうやって千年を生きてきたのか。

比呂は想像しようとした。

それは途方もない想像だった。人とは違う時を生きている一柱の神の気持ち。とてもではないが理解できそうにない。

けれどなんとなく、分かる。愛していたはずの相手が、不意に消えていなくなること。いつの間にか周りが変化し、誰からも必要とされていないと突然知らされること。

(俺もそれを、知ってる)

父を喪った時、祖母を亡くした時。

アルバイト先で要らないと言われた時。祖母を助ける力がないと思い知った時。比呂も孤独だった。その孤独の痛みに、人も神も違いはない。

子どもが親を慕うように、あるいは、親が子どもを愛するように、なんの疑いもなく里人を愛してきた狗神にとって、突然人々が去っていったことや、忘れ去られたこと、土地を侵され傷つけられたことは、どれほど驚くことだったのか。そうして傷ついた心は怒りに変わり、それでも、怒りながら、許そうとしてきた狗神の痛々しさに、比呂は胸が詰まる気がした。

狗神からは、シンと冷えた森の匂いがする。それは比呂の里に、当たり前に存在していた匂いだ。境内《けいだい》の杜《もり》、里山の雑木林、夏の田畑から香っていた匂い。

大きな楠《くすのき》、どこまでも続くブナ林。

美しいミズナラ、豊かな土壌。そこでは蝶《ちょう》が飛び、鳥たちが憩《いこ》い、それを狙《ねら》って小さな獣たちが這い回り、そうすることでもっと大きな猛禽《もうきん》や、獣たちを育んでいる。彼らは死ぬと大地に落ち、腐って、木々の養分となる。

狗神の森と山は人々に薪《たきぎ》をくれ、地下水脈に貯めた水を与え、育《はぐく》んだ山菜や獣たちを与えて、里と暮らしてきた。

自分の身を分けながら——切り刻み、与え、また欠けたものをべつの命から補って、そしてまた与えて、千年かけて育てた森も、人の手が入れば今は簡単に壊れてしまう。

狗神はその変化についていけず、取り残されている。

どれほど淋しかっただろうと、思う。どれほど傷ついただろうと、思う。

——心ある者なら。

(心がある人なら誰だって……きっと、淋しいって気持ちを、知ってる)

「……辛かったなあ、お前」

そっと囁き、比呂は狗神の背をさすっていた。痛いのを和らげるように、何度も。するとどうしてか胸が詰まり、もらい泣きのように涙が浮かんできた。

「どうしてお前が泣く」

振り向いた狗神が、どこか戸惑っているように言った。長い指が、比呂の涙を拭ってくれる。

自分の涙は拭《ふ》かないで、比呂のほうを気にしてくれた狗神が、比呂は悲しかった。

（本当の狗神は、こういう神様だったんだ）

里に伝わるおとぎ話にも、ひどい話は残っていない。

神域にまぎれこめば連れ去られるが、どの人々も真名当てをして帰ってくる。きっとずっと昔は、誰もが狗神の真名を知っていて、それで狗神は里に戻す条件を真名当てにしたのかもしれない。

「あのさ、藤に聞いたんだ。父さんの魂を呑み込んだのは、お前が黄泉路へ連れてく手伝いを、してくれただけだって……」

比呂はなんとなく、言った。父のことを思い出すと、罪悪感で胸が痛む。同時にそれは、祖母への後悔も連れてきてしまう。比呂は一瞬考え、それから「お前のせいにして、ごめん」と謝った。

「俺が間違ってたって思う。お前と、もっと早く、ちゃんと話し合えばよかった……」

言うと、比呂の声は震えた。狗神の顔をまともに見ているのが辛くて、うつむく。

「うちの父さんさ、仕事が忙しかったからあんまり家にいなかった。田舎から勤務地に行くの大変で、週の半分は町のホテルにいたりして」

――お父さん、いつ帰ってくるの。

そう言って、よく祖母を困らせた。いつまで経っても帰ってきてはくれない気がして、心細かった。そのくせ、時々父から電話があっても、涙がぽろぽろこぼれるだけで、なにも言えなかった。帰ってきてと言ってはいけない気がしたし、かといって大丈夫だよと言ってあげられるほど、強くもなかった。

「でも、十年前のあの日は、俺の誕生日が近くて」

父は帰ってくると約束してくれた。いつもより長い休みをとったから、誕生日は一緒にいよう。今年はどこかに連れていってやるぞ、と。

「あ、誕生日って分かる？　生まれた日、お祝いするの」

比呂が振り向くと、狗神はこくん、と頷いた。

「藤から聞いたことがある。家族で食事をしたり贈り物をすると」

「そうそう。でも結局父さん、仕事で戻らなきゃいけなくなって。俺、カチンときて、あてつけにお前の山に入ったんだ。困らせて、父さんを町に帰らせないようにしようって。バカだろ。それで父さんを死なせた」

——俺が殺したようなものだよ、と比呂は呟いた。

開け放った縁側の向こうに、下弦の月が見えた。狗神はなにも言わないけれど、どうしてか聞いてくれているような気がして、比呂は続けた。

「……父さんが、お前が来る前にもう死んでたの、俺も分かってた」

雪の中、比呂を抱きしめてくれていた父の横顔が返ってくる。閉じた睫毛と眉には、雪が積もっていた。

「ばあちゃんも……俺がいてもいなくても、たぶんダメだったんだ。でもそれも、お前のせいじゃない。ただ、誰かのせいにしないと、自分のこと責めるのが、辛かったから」

声が震え、一度、比呂は息を呑み込んだ。うつむき、また謝る。祖母を亡くした喪失はまだ癒《い》えていない。思い出すたび、もっと孝行したかったと、いつまでも悔やむだろう。

その時比呂は、後ろから狗神に抱き竦められて、息を止めた。ぎゅっと胸に抱き込まれると、後頭部が狗神の厚い胸にあたり、柔らかな銀の髪が、さらさらと比呂の頰をくすぐった。ふと、十年前、死んでいきながらも比呂の体を冷やすまいと抱きしめてくれていた父の、大きな腕を思い出す。

「……人間も、自分を好きでいてくれる相手から、力をもらうのだな」

ぽつりと、狗神が言う。それから小さな声で、「悪かった」と言われて、比呂は驚いて振り向いた。それは、比呂がおそらく初めて耳にした、狗神の謝罪だった。

「……十年前の私がもっと早く、お前と父を見つけていれば……それに、もっと力があれば、熊の神の雪を里まで降らせずに済んだのかもしれない」

訥々《とつとつ》と言う狗神に、なんだか比呂は戸惑い、焦ってしまった。狗神に、自分を責めてほしくなかったのもあるし、謝ってもらえるとは思っていなかったので、慌てたせいもある。

「お前の父も、祖母も、私の里人だった。私は……里人を守ると約束していたのに」

比呂は声をなくし、狗神を見つめた。その約束を最初に破ったのは人間だ。それは狗神も知っていたはずなのに、今は守れなかったことを悔いている。

本当に素直な神だ。比呂が狗神を受け入れた分だけ、狗神も比呂を受け入れている。だから比呂が狗神を許した今、狗神も比呂を許し、そして申し訳ないと思ってくれている——。

（ばあちゃんにとって狗神がいい神様だったのは……そう、信じてたからかな）

いつも不思議だった。会ったこともない狗神を、どうして祖母が純粋に信仰できるのか。けれど答えはとても単純で、祖母はただ狗神を、信じていただけだ。比呂のことを、いつでもいい子だと信じてくれていたあの愛情と同じように、ただただ、雪山から比呂を帰してくれた狗神を、信じ続けていた。

信仰と愛情はとても似ている。そのとおりかもしれない。

「……俺、お前のそばにいるよ。もう逃げたりしない」

比呂は気がつくと、そう言っていた。迷いも、狗神へ感じてきた拒絶も怒りも、消えていた。あるのはまだ自分でもよく分からない、ほのかな、優しい気持ちだけだ。狗神を受け入れ、狗神のために、なにかしたいという気持ちだった。

狗神が眉を寄せ、どこか戸惑うように比呂を見つめている。比呂の言葉に驚き、どう受け止めていいのかはかりかねているような顔だった。比呂はにっこりと笑う。

「……あ」

その時ふと、狗神が声をあげた。

「……模様が消えたぞ」

ため息のように言われて見ると、狗神の胸についていた、あの赤い禍々《まがまが》しい模様のすべてが、消えていた。

「私の中の空洞に、今、お前の心が入ってきた……」

呟きながら、当の狗神も驚いているように、眼を瞠っている。数秒あと、狗神の金の瞳に、見たこともないほど温かな光が灯《とも》った。それはまるで、薄暗い朝まだきの中に、陽が射しこむような変化だった。そのまま微笑んだ狗神の顔があまりに魅力的で、比呂は頬が熱くなる。

「比呂……」

そうして、名前を呼ばれた。初めてのことだ――。

ドキンと胸が跳ね上がり、比呂は思わず眼を丸くして、狗神を見つめた。なんだ、と問われて、「名前」と答える。

「……初めて呼ばれた」

小さく微笑むと、とたん、思うよりずっと強引に、どこか我慢が切れたように狗神に肩を抱かれ、そうして、口づけられていた。

「名前なぞ、何度だって……。お前の心が、これほど気持ちいいとは……」

どんな心が狗神の空洞に触れているのか、狗神は満ち足りた声で言った。

「狼の睦み合いは長い……もう一度、抱かせろ」

ついさっき散々抱いておいて、しかもまた命令口調で言ってくる。

それでも、比呂は狗神の首に腕を投げかけた。いいよ、という意味だ。比呂もそうしたかったから。

狗神が言ったように、狼の情事は長く、その日夜が明けるまで、比呂は熱い愛撫を受け続けた。

八

瞼《まぶた》の向こうが明るくなったのを感じて、ぼんやりと眼を覚ました比呂《ひろ》は、鼻先まで漂う甘い香りをうっとりと吸い込んだ。

障子《しょうじ》の向こうからは、子どもの笑い声が聞こえてくる。あれは茜《あかね》の声だ。

しばらく布団の中で寝返りを打っていた比呂は、ぱちりと眼を開けた。

気がつくと、昨夜は狗神《いぬがみ》の部屋で寝たはずなのに、比呂は自分の部屋に戻されていた。驚いたのは、すぐ隣で人姿の狗神がまだ寝こけていたことだ。

(……狗神。朝一緒にいたの、初めてだ)

それ以上に、朝日の中で眠っているのに、狗神が人姿なのにも驚いた。これまでは月明かりがなければ、狼《おおかみ》の姿だったのに、どうしたことだろう。

眼を丸くした比呂の視界に、裸のままの狗神の胸板が映る。昨夜見たとおり、狗神の傷はどれも癒《い》えていて、模様もない。人姿なのも、そのせいだろうか。その寝顔も穏やかそうで、比呂は肩から、ホッと力が抜けていくのを感じた。

まだ眠っている狗神を起こしたくなくて、掛け布団をかけてやってから、物音をたてないよう布団を出る。障子を開いて次の間に入って、比呂は眼を瞠《みは》った。

開け放した襖《ふすま》の向こうに、雲一つなく晴れ渡った空が見えたのだ。

この屋敷に来て、初めての快晴だった。いつもどんよりと暗かった部屋の中にまで光が満ちあふれ、床の間に摘みたての花が飾られていた。縁側に出ると、庭一面に花が咲いていた。野菊やサザンカ、椿に柊《ひいらぎ》、木瓜《ぼけ》の花。その間を彩るようにモミジや楓《かえで》が美しく紅葉し、広い池に鏡映しに姿を映している。どこに隠れていたのか、鳥が鳴き、空を飛んでいく。時折、アキアカネの姿も見えた。

「比呂さまっ、すごいの、こんなにおひさまが出たの、すっごくひさしぶりなの！」

茜が転げるようにして、庭から走ってきた。

手にいっぱい、なにか持っていると思ったら、それはダンゴムシやナナホシテントウだった。庭先にいたのだ、長い間いなくなっていたのに、と興奮して話す茜の姿を見ていると、可愛《かわい》くなり、比呂は抱きしめて髪の毛をわしゃわしゃと撫《な》でてやっていた。

「茜、ムシは家に入れてはいけませんよ。外で遊びなさい」

顔をしかめながらやって来たのは、藤《ふじ》だった。盆に茶を載せて、比呂が座っている隣に腰を下ろす。

「……すごいなあ、一晩で花が咲いたのか？」

言うと、藤は優しげに眼を細めてくれた。

「比呂様のお力ですよ」

茶を淹《い》れてくれながら、藤が言う。比呂はその言葉に、思わず眼をしばたたいた。言うまでもなく、比呂は花咲かじいさんではない。

「旦那様のお心が変わられたのです。今の旦那様のお心は、この庭のように温かく満たされている……私も同じです」

そう言って藤が、着物の打ち合わせから、左胸を見せてくれた。そこはまっ白で、心配していたあの赤い模様はなくなっていた。比呂は嬉《うれ》しくなり、胸が詰まった。

「藤……、よかった。ごめんな。本当にごめん」

謝る声が、思わず震えた。安堵《あんど》して、安堵しすぎて泣きそうな気持ちだった。藤も同じく感動しているのか、珍しく頰《ほお》を紅潮させ、美しい瞳を潤ませて比呂を見つめ返してくれた。

「比呂様……最後の里人が、あなたでよかった。胸に傷のあったことさえ、今は嬉しい……」

静かな声音に、比呂への信頼が溢《あふ》れていた。比呂は胸がじんと熱くなる気がして、藤の体を抱いて、その背中を撫でていた。いつも自分を助けてくれる大きな、賢い犬を、労《ねぎら》っている時というのはこういう気持ちなのかもしれなかった。藤も比呂の頭を、優しく撫で返してくれる。

「おい。なにをしている」

頭上から不機嫌そうな声がして、比呂は顔をあげた。縁側には、いつの間にか狗神が立っている。起き抜けのだらしない姿で、着物ははだけているし、美しい銀髪はぼさぼさだ。藤は慌てるわけでもなく比呂から離れると、にっこりして「おはようございます」と言った。そんな藤を、狗神がじろっと睨《にら》みつける。なにやら面白くなさそうな表情だ。

「比呂様には、朝餉《あさげ》をご用意いたしましょう。旦那様も召し上がりますか?」

「要らんわ! 神の私が食うわけがないだろうが!」

「でしょうとも。訊《き》いてみただけです」

藤は怒鳴られてもしれっとしていた。さっさと立ち上がると、鼻歌混じりに縁側を抜けていく。狗神が舌打ちしながら、比呂の隣に座った。茜は庭の向こうのほうで、走り回って遊んでいる。そちらへ眼を向けながら、なんだか比呂は気恥ずかしくなってきた。

(今さらだけど……昨日がこいつに抱かれた初日みたいに思っちゃうな)

そんな気がして、照れてしまうのだ。

それに、藤が言っていたことが本当なら、今日の狗神の心の中はこの庭のように花が咲いているということだ。自分を抱いたことで? と、考えると、頬が熱くなる。それほど昨夜の睦《むつ》み合いは長く甘かったし、比呂自身も、同じように満たされた気持ちだった。

「……藤にあまり気を許すな」

その時、狗神がぼそ、と言ってきた。

「は?」

　なぜ急に藤の話になるのだか。比呂は眼を丸くして狗神を振り向いた。狗神は腕組みをしてふんぞり返っている。あれほど心通う一夜を過ごしたあとだが、朝になってみると、やっぱり傲慢《ごうまん》なところは相変わらずのようだ。しかしそれが狗神の性格なのだと知ったから、比呂はもう気にならなかった。当の狗神は、不機嫌そうに眉《まゆ》を寄せ「あいつはお前が好きだからな」と、つけ足した。

「俺も藤は好きだけど……」

「お前は愛が多すぎるぞ！」

　いきなりどやしつけられて、比呂は眼を白黒させた。愛が多くてなにが悪いのだろう。ムッとしてなにか言い返してやろう——として、比呂は、やめた。狗神の着物の下から、尻尾《しっぽ》が一本出たままだった。昨夜情事の最中に出していたので、それをしまい忘れたらしい。尻尾は、「お前はなにも分かっていない」とか「藤は油断ならん」とかとぶつぶつ呟《つぶや》いている狗神の不機嫌を無視するように、ゆらゆらと揺れ、時々比呂に向かってパタパタと振られる。

「……お前って、素直なんだなあ」

　人間よりずっと、心がきれいだ。

　なかば感心して言うと、「バカにしているのかっ」と狗神が眼を剝《む》いた。けれど比呂に向いたとたん、尻尾はちぎれんばかりにバタバタと振られるので、比呂は胸いっぱいに、うずうずとした愛しさが湧《わ》いてくるのを感じて、噴き出していた。

「分かった。お前、藤に妬《や》いてるの？　うちで昔飼ってた犬も、俺が他の犬を可愛がったらすごい妬いてた」

「私は犬ではない！」

眉をつり上げて怒鳴る狗神も、怖くなかった。完全にいじけられたが、それも可愛く見えるから、不思議だ。

「それより、朝も人姿なの、初めて見る。大丈夫なのか？」

訊くと、狗神はそっぽを向いたまま「大丈夫だ」と言う。

「……今は体中に、力が溢れている」

ふうん、と軽く頷《うなず》いただけだが、比呂は自分のことのように嬉しく、ニコニコしていると、その気持ちが伝わったのかむっつりとしていた狗神も、諦《あきら》めたようにため息をついた。

「……お前は愛らしいから、いけない」

聞こえるか聞こえないかの声で言われる。狗神が自分を褒《ほ》めたことなどこれまでになかった。びっくりのほうが勝っていたが、眼を逸《そ》らしている狗神の眼元がほんのりと染まっているのを見たら、比呂もなんだか照れて、のぼせてきた。

「あっ、旦那さま！」

庭で遊び転げていた茜が嬉しそうに声をあげて、駆け寄ってくる。

「旦那さまも比呂さまも、おかおがあかいのは、あついから？」

茜が不思議そうに首を傾《かし》げるのに、比呂は照れ笑いをするしかなかった。

それから、二日ほどの間は、穏やかに時間が過ぎた。比呂は祖母のことを思いだし落ち込んだりもしたけれど、夜には狗神に抱かれ、その睦み合いは長く、蕩《とろ》けるほど丁寧なものだった。狗神は月の出ていない間も、一日中人姿で、庭には毎日花が咲き、茜と藤も上機嫌だったし、それを見ていると比呂も嬉しかった。

その日の昼下がり、比呂は暇なので、縁側で茜のおもちゃを作っていた。後ろの座敷で茜が昼寝をしており、気持ちよさそうな寝息をたてているのを聞きながら、竹を小刀で削っていた。そこに、狗神がやってきた。濃茶の着物に羽織を着た人姿だ。

昼の訪問ももう日課になっていたので、比呂は驚かなかったが、横に腰を下ろしてきた狗神が、今日はなんだかそわそわとしている。

「……なに？　どうしたの」

不思議に思って顔をあげると、首筋へ頬をすり寄せられて、比呂はびっくりした。そのまま腰を引き寄せられ、すん、と匂いを嗅《か》がれる。

「な、なに？　急にどうしたんだよ」

夜には散々抱き合っているけれど、昼日中の明るいうちに、いきなりくっついてこられることは少ない。比呂は戸惑ってしまった。茜などはよく、比呂の膝《ひざ》に頭をこすりつけてきたりするが、狗神の行動はそれと似ていた。甘えるような仕草に思わず身を引くと、狗神はどこかすねたような顔で、ムッとしてきた。

「挨拶《あいさつ》しただけだ。おかしいか」

「あっそう、挨拶……」

比呂は呆然《ぼうぜん》として、それでも一応、頷いてみせた。

(こいつ、本質が狼というか、犬だからかなあ……びっくりした)

狗神はムッとしていたが、すぐまた比呂の腰を抱き、頭に自分の顎《あご》を乗せてきた。べったりとくっつかれると、比呂はどぎまぎしてしまう。

「それは、なにを作ってるんだ?」

竹とんぼ、と比呂は答える。

「この家、ろくな遊び道具ないだろ。茜はまだ小さいから、これで一緒に遊んでやろうと思って。同い年の子いなくて、かわいそうだし……」

狗神がなるほど、と呟き、比呂の首筋の匂《にお》いを嗅ぐ。

「よい匂いがするな……」

呟かれて、比呂は真っ赤になって振り返った。

「お前、ちょっと離れて。くっつきすぎだから!」

「なぜだ。茜にはいつもくっつかせているだろう！」

思わず言ったとたん、狗神が怒ってしまった。

「だって茜は子どもだろ？」

恥ずかしさを隠すため、削った竹板を振り回しながら言う。

「藤はどうだ、藤は大人なのに、始終一緒にいるではないか。私とは心通わせたはずなのに、嫌なのか！　伴侶《はんりょ》なのに！」

不服そうに言われると、比呂は心臓がドキドキと早鳴ってしまう。言葉がうまく出てこない。恥ずかしくて死んでしまいそうな、それでいて茜にいつもするように撫で回してやりたいような、妙な気がした。

（狗神って……ほんと、素直）

これまでも思ったことを、また、思う。つい数日前まで比呂を殴りつけていた男が、この豹《ひょう》変《へん》ぶり。しかし不機嫌そうなその顔を見ていると、戸惑うし恥ずかしいものの、嫌な気持ちはせず、ただ顔が熱くなり、困るのだった。

その時、庭に飛んでいたアキアカネが、狗神の頭の上へやってきた。眼を覚ましたらしい茜が、突然「あっ、旦那さま！　あかいとんぼ！」と、駆け寄ってくる。

「旦那さま、とんぼ！　あかいとんぼがいますっ、頭のうえっ」

大きな眼をきらきらさせ、尻尾をふりながらやって来た茜に、比呂は狗神がどうするのだろうと眺めてみた。すると驚いたことに、狗神はアキアカネをひょいとつかまえ、茜の指にとまらせてやっている。トンボはおとなしく、茜の小さな指の上で翅《はね》を休める。

「藤に見つかる前に逃がしてやれ」

嬉しそうに頷いた茜を、狗神が抱き上げ、膝に乗せる。そのうえ、縁側に置いてある、漆塗《うるしぬ》りの箱から櫛《くし》をとり、茜の赤毛を優しく梳《す》いてやりはじめたので、比呂はびっくりしてしまった。

けれど茜のほうは、さほど驚いている様子はない。ただ気持ちよさそうにニコニコしている。

「旦那さまのごびょうき、なおってよかったですね」

甘えた声で話しかける茜に、狗神は「そうだな」と頷いている。比呂は、もしかするとずっと以前、人間への怨《うら》み辛《つら》みに押しつぶされる前の狗神は、こんなふうに茜と過ごしていたのかもしれない……と、思った。だから茜は、狗神が大好きなのだろうと。

胸が温かくなり、気がつくと比呂は、狗神の肩にそっと自分の肩を押しつけていた。さっきまでくっつくなと言っておいて今さらだけれど、狗神がそうしたいなら、いくらでも肌を合わせてあげたいような、今度はそんな気がしてきた。

「あっ、とんぼ、逃げちゃった！」

茜の手からアキアカネが飛んでいってしまい、比呂は笑った。眼をあげると、狗神も眼を細めている。

穏やかな時間だ。

比呂は「竹のとんぼなら、もうできるからな」と、茜を慰めた。

翌日の午後、少ない荷物を整理していた比呂は、祖母の遺品類が入った木箱の中に、あるものを見つけて困っていた。

その木箱はお骨の入った桐箱と一緒に里の家から持ってきたものだ。中には、いつの間に入っていたのか、狗神神社のご神木から切り出した神殺しの太刀《たち》もあった。

(どうしよっかなあ、これ……)

茜が昼寝してしまい、藤も雑事で出かけ、部屋に一人きりになった時、比呂は楠《くすのき》の太刀を見て考え込んでしまった。見ただけだとただの古ぼけた木片だが、狗神を殺せるといういわれがあるのだから、物騒なものであることは間違いない。

考え込んでいたその時、縁側に、影が立った。

「ちょっといい?」

やって来たのが鈴弥《すずや》だったので、比呂は驚いてしまった。

(あ、そっか、この人まだこの屋敷にいたんだ……)

熊の神のところから戻ってきて数日、一度も姿を見なかったし、狗神も夜ごと比呂を訪ねてくるし、鈴弥を相手にしていたような雰囲気もなかったので、比呂はすっかり忘れていたのだ。

「ふん。悪かったねえ、まだいて」

鈴弥は比呂の内心を読んだように、意地悪く眼を細めてくる。

相変わらず女物の着物を着、それがしどけなく似合っている。障子にもたれ、じろりと比呂を見てくる様子はあだっぽく、以前までの印象より、だいぶんガラが悪かった。

「ここ、よく入ってこられたな。結界はなかったのか？」

ちょうど淹れたばかりの茶があったので、鈴弥にも出しながら訊くと、座敷にあがった鈴弥は「もうとっくに結界なんか消えてるよ」としらっとしていた。

懐からキセルを取り、手慣れた様子で火を点《つ》け、煙を出している様子など、見た目の女っぽさと違ってかなりがさつだ。以前、狗神に迫っていた態度から、鈴弥をもう少しおとなしい男だと思っていた比呂は、なんだか驚いてしまった。

「狗神のやつ、お前に首ったけみたいじゃないか。屋敷中浮ついてるし、お前、自分だけ結界がなくなってるの気づいてないなんて、おめでたいね」

ふん、と鈴弥に嗤《わら》われ、比呂は眉を寄せて「はあ」と頷いた。

（そうだったのか。それじゃあ屋敷の中、自由に出入りできるのかな？）

これまでが無理だったので考えもしなかった。けれどべつに、あちこち行きたいという気持ちも今ではさほどないので、なんとなく他人事《ひとごと》のようだ。

「……それなに？」

　その時鈴弥が、比呂の膝の上に置いていた神殺しの太刀に眼を留めた。比呂は慌てて太刀を脇に置き、「なんでもない」とごまかす。

「それより、俺になんか用？　あんた、この屋敷でずっとなにしてたんだ？」

「かにもかくにも、退屈してたよ。狗神は抱いちゃくれないし――それは、どうでもいいけど」

　鈴弥のあけすけな言葉に驚きつつも、比呂は狗神が鈴弥と寝ていないと知り、内心ホッとしていた。鈴弥はそんな比呂を、白けた顔で見ている。

「で……用っていうかね、屋敷に八咫《やた》を呼んでほしいんだ。オレからも狗神に言ったけど、八咫のことを怒ってて、きいてくれない。お気に入りのお前の言うことなら頼まれてくれるかもしれないからさ」

「……八咫の神を？」

　比呂は驚いて、訊《たず》ね返した。一体、八咫の神を呼んでどうするというのだろう。すると鈴弥には、「もちろん、ここを出るんだよ」と答えられた。

「狗神はオレを伴侶にする気がない。だから他の神のところに行く」

　さらりと言われ、比呂は一瞬、考え込んでしまった。鈴弥が他の神のところへ行くというのは、比呂にしてみればあまり賛成したくない。

「なあ……八咫に、他の神のところへ連れてってもらうにしても、そこでまた伴侶をやるんだろ？　それが好きな相手ならいいけど……そうじゃないなら、しばらくここにいたら」

比呂としては、精一杯の親切のつもりだった。

鈴弥のことはよく分からないものの、もとは同じ人間で、同じように神に伴侶にされた身だ。好きでもない神のもとへ次々嫁ぐのは、比呂ならば辛い。

（それにこの人、五十年前のことが忘れられずに、狗神のところへ来たんだっけ……）

思い出し、比呂はつい、「もしかしてあんた、狗神が好きなのか？」と、訊いていた。鈴弥が眉を寄せ、妙なものを見るような顔で振り向いてくる。比呂はなぜか恥ずかしくなり、頬を赤らめた。そうだ、と言われたらどうしよう、と今さらながら後悔したが、あとに退けなくなる。

「五十年前のことが忘れられなくて……狗神がよっぽど好きとかってこと……」

「お前、バカなのかい？」

すると鈴弥が、比呂を小馬鹿にするように鼻で嗤った。

「神なんて、本気で好きになるはずがないだろ」

吐き出すような声。比呂はそれにドキリとして、鈴弥を見つめた。

「お前は大好きみたいだけど、神みたいな化け物を好くなんて、オレからしたら狂気の沙汰《さた》だね。あいつら、人間のことなぞ、本気では愛さない連中だよ」

「……そんな言い方するなよ」

比呂は思わず、庇《かば》っていた。自分はともかく、狗神が悪く言われているのは嫌だ。

「鈴弥さんも、ここに来た最初の時、狗神のこと好きそうに見えたから……違うのか？」

「あれはね、そうしておいたほうが、面倒がないからってだけ。狗神も分かってる。オレはずっとそうやって生きてきたんだ。言わば、神様相手の娼婦《しょうふ》みたいなもの。神なんて、オレからしたらマシか、マシじゃないか。その程度」

スレた物言いに、比呂はしばらくの間、黙り込んだ。自分や神をおとしめる鈴弥の言葉が、なんだか心に苦しく響く。

「神様って……こっちが好きでいたら、好きになってくれるよ。一番好きな相手とかって、いないのか？」

狗神があれほど素直なのに、他の神が違うとは思えなくて言うと、鈴弥が「甘いヤツ……」と眼をすがめた。

「……好きでいたことはあったよ。百年くらいね。でもそいつはオレを他の神のところへ嫁がせたんだ。神なんてそんなものだよ」

ぼそりと付け加えた鈴弥は、つまらなさそうな顔だった。

比呂の脳裏に、ぼんやりと浮かんできたのは、八咫の神のことだ。何度か、鈴弥の話もした。

（……百年は一緒にいたけど、旅が辛そうだったから、他の神に預けたって言ってた……）

それでは、鈴弥の好きだった相手というのは、あの二枚舌の鴉《からす》の神、八咫の神なのだろうか。

とは思ったが、訊いても答えてくれそうになく、比呂は口にできなかった。

(でもなあ……八咫の神が好きならなおさら、他の神のところに行くなんて、自分で自分の傷を広げてるだけみたいじゃないか?)

それに八咫の神も、鈴弥のことをどうでもいいと思っているようには、見えなかった。かといって好きかというとそれも分からない。

「狗神が怒ってるなら……屋敷に八咫の神を招くのは難しいかも。熊の神もまだ怒ってるなら、鈴弥さんも外には出られないいんだろ?」

言うと、鈴弥は小さく舌を打った。

おとなしげだったのはやっぱり完全に演技で、この荒っぽさが、鈴弥の地のようだ。鈴弥は勝手に部屋の小壺《こつぼ》をとり、キセルの灰を落としたりしている。

「狗神か熊の神を殺さなきゃ、八咫も来られないってわけ……」

「そういうの、冗談でもやめろよ」

思わず比呂は鈴弥を睨んでいた。鈴弥が「おお、こわ」と揶揄《やゆ》するような声をあげる。

「べつにいいだろ。神様なんて死んだって……知ってる? 神殺しした人間は、その場で事切れて永遠に魂がさまようらしい。そんなふうに死ねるんなら、悪くないかも……」

だからやめろよ、と比呂は眉を寄せた。

「人殺しが悪いのと同じように、神殺しだって悪い。そんなことしたら後悔するぞ」

「もう生き飽きた。お前だって三百年も生きる頃には、同じことを思ってるよ」

そう言う鈴弥の言葉が、どうしてか比呂にはわざと悪ぶっているように聞こえてくる。

鈴弥は、永遠に魂をさまよわせてでも、今の生活を終わらせたいのか。

……三百年も生きると、人間は飽きるものなのだろ。

いつだったか聞いた、八咫の神の言葉が返ってくる。たしかに、誰かを愛し愛されての三百年は短いかもしれないが、誰も愛さず愛されずの三百年は、途方もない気がする。それはとりもなおさず、そのまま、孤独な三百年だからだ。

そう思うと、このまま鈴弥を放っておくのは、お節介かもしれないが心配だった。境遇が似ているのもある。

「――なあ、神様のこと悪く言うのはよしたほうがいい。素直になったら、ちゃんと気持ちを返してくれる相手だぞ。いろいろあったかもしれないけど、これからも神様の伴侶をしていくんなら、好きな相手と添って、ちゃんと幸せにならないと……」

自分でもきれい事だとは思った。八咫の神には比呂も騙《だま》されているし、鈴弥が心を開いたところで変わらないかもしれない。けれどそれはそれとして、相手が八咫の神でなくても、内心では好きでもないまま伴侶になり続けるのは、自分なら苦しいと思う。

「――幸せねえ。そこまで言ってくれるなら、狗神にオレも伴侶にするよう頼んでよ。神様の伴侶なんて複数が普通なんだから……いいでしょ？」

鈴弥はつまらなさそうに比呂の話を聞いていたが、途中で眼を細めニヤリと口の端を持ち上げて、そう言ってきた。比呂は虚を突かれ、一瞬答えられなくなる。

「狗神なら、マシなほうだから、好きになれるかもね。オレのことを想うなら、それくらい、してくれるでしょ？　それとも嫌？　嫌なら結局、お前の言葉なんて口先だけってことだね」

にっこりと笑われると、比呂はダメ、とは言えなかった。そもそもなぜダメなのかも、説明できないのだから当然だ。鈴弥は面白がっているだけなのか、それとも意外に本気なのか、キセルの灰を落としきると、「じゃあ、お願いね」と言って立ち上がってしまう。

残された比呂は思わず「どうしよう……」と呟いていた。

「お前、なにを言っている？　この私に、鈴弥を抱けと言ってるのか」

その日、二人きりになった際に切り出してみると、狗神は思った以上に不機嫌になった。厳しい顔をし、イライラと眉をつり上げられて、比呂も困っていた。

（でも……鈴弥を放っておけないだろ）

比呂だって内心――ちっとも、乗り気ではないのだ。

鈴弥の要求は、狗神の伴侶にしろ、そうでなければ八咫の神を呼べ、という単純なものだった。正直言って、比呂は狗神に鈴弥を抱いてほしくなかった。なかったけれど、神というのは伴侶が多いのが普通らしいし、比呂がそれを禁ずる権利はない。

もやもやしたまま、とりあえず「鈴弥を伴侶にしてみないか」と持ちかけたとたん、狗神は腹を立ててしまった。

「……だって、そうじゃなきゃ鈴弥をどうするんだよ。あの人まだ、八咫の神の伴侶のままなんだろ。ここに置いてあげないと熊の神に捕まっちゃうし」

もぞもぞと理由付けする比呂を、狗神は胡乱《うろん》な眼で見ている。なんだか顔を上げられず、比呂は浮気を責められている男のような気分だった。

「――そうだとして、お前は、私が鈴弥を抱いても平気だと言うのか」

途中で狗神に遮《さえぎ》られ、比呂は言葉に詰まってしまう。平気……ではない。それに平気、と言ってはいけない気もした。だがその気持ちは押し殺し、比呂は「神様ってそういうものなんだろ？」と虚勢を張った。

「神様は普通、伴侶が複数だって」

「それは伴侶と通じあっていないやつらのすることだ、必要もないのに増やせというのか！」

狗神は怒鳴り、舌を打ってそっぽを向いてしまった。これ以上聞く耳もないようだった。

必要ない、と言ってもらえたことは、正直嬉しかった。狗神が、比呂とは心通じ合っている、と思ってくれている証拠だ。ただここまで拒まれるとは考えていなかったので、意外にもなる。

「でもお前、鈴弥にはわりと優しく接してたよな。俺はてっきり、お前が、あの人のこと好きなのかなって思ってた」

「好きも嫌いもない。……鈴弥は私に関心がないのだから、私もなにも感じない。ただ五十年前、助けてもらった恩はある。それだけだ。そういう相手をわざわざ相手にするのは面倒だ」

ぴしゃりと言われて、比呂はそうなのか、と思った。

狗神はイライラと膝を揺すり、「だが問題は、鈴弥じゃない」と言った。

「……貴様だ。どうして私にそんなことを勧める？　どういう神経だ。伴侶に他の相手を勧めるなど」

比呂は答えに窮し、「鈴弥を放っておけないから……」と、説明した。

「そういうことを言っているのではない！」

狗神はがなり、黙り込んでしまった。気まずい沈黙が流れ、比呂はしばらくして「じゃあさ」と代案を出してみた。

「八咫の神を呼んでやってよ。迎えに来てもらいたいんだって……」

八咫の神に迎えに来てもらえれば、それが一番鈴弥にはいいのかもしれない。それに比呂だって、狗神に鈴弥を抱かれるよりは、八咫の神に連れていってもらえたほうがいいのだ。ただし、それで鈴弥が幸せになれるかどうかは、不安があったけれど。しかし言ったとたん、狗神にはさっき以上に腹を立てられ「ならん！」とどやしつけられてしまった。

「貴様、八咫になにをされたか忘れたのか？　あいつを屋敷に呼んでどうするつもりだ！　まさかまた、逃げるつもりか！」

「そんなんじゃないってば……」

そこまで言われて、比呂も心ならず腹が立った。ここしばらくの信頼関係で、自分が逃げたりしないことは信じてもらえていると思い込んでいただけに、面白くなかった。

「どうだか知れたものか。私に鈴弥を勧めるくらいだ、八咫とまた逃げ出さないとも限らん」

「違うって言ってるだろ！」

思わず比呂も声を荒らげる。

「とにかく、八咫を呼ぶことは許さない。八咫を呼ぶくらいなら、鈴弥を抱く！」

勢いのように言われ、比呂はつい呆気《あっけ》にとられてしまった。

どさくさまぎれだったが、狗神はたしかに鈴弥を抱くと言った。もやもやとした嫌な気持ちが湧いてきたものの「……じゃあ、そうして」と言う。とたんに狗神が真っ赤になって眼を剝き、すぐそばにあった茶器が、触れてもいないのにぱりんと割れた。

狗神も意地になったのか、「勝手にしろ」と吐き出してくる。

結局そのまま廊下に出ると、藤が立っていて、「比呂様」と呆《あき》れたような顔をしていた。

「なぜあんなことを仰《おっしゃ》ったのです？」

「分かんない……成り行き」

ぼそぼそと答えると、「本当にいいのですか、旦那様が鈴様を抱かれても」と訊かれる。いいわけがない。けれど比呂は、口に出して嫌だとは言えなかった。理由を訊かれたら、どう言えばいいのか、分からなかったからだ。

（……だって俺は伴侶で、他の神様はみんな複数の相手がいるんだし……反対する理由がない）

翌日の夜、自室で、比呂は悶々《もんもん》としていた。

狗神が機嫌を損ねているせいか、このところ晴天続きだった天気も、今日は曇っている。今朝、狗神から「今日の夕方、鈴弥を伴侶にする」と言い渡され、比呂はその場では「分かった」と言ったものの、今では気持ちがうつうつとし、落ち着かなかった。

そのことでは朝にも散々、ケンカになった。

同じ布団で眼を覚ましたあとに、狗神は不機嫌そうに、

「止めるなら今だぞ」

と言ってきた。そこで止めればよかったのかもしれないが、比呂は「俺からお願いしたことだし」となんだか意地を張ってしまった。そもそも言い出したのが自分なのに、止めるというのもおかしい。すると案の定、狗神は腹を立ててしまった。

「鈴弥を伴侶にしたら、貴様なぞ抱いてやらんぞ」

「初めに犯したのはどっちだよ？　俺、抱いてくれなんて言ったことありませんけど」

売り言葉に買い言葉で、結局言い争ったまま今日の夕方を迎え、今では、止めれば良かった……と思っている自分がいて、嫌になる。

空は暗くなり、陽も落ちた様子だ。そろそろ狗神が鈴弥のところへ行っている頃かもしれない、と思うと胸の奥がずきずきと痛んだ。

「鈴様と旦那様、今、ご一緒にいますよ」

その時部屋に入ってきた藤が、淹れたばかりの茶を出してくれながら言い、比呂は喉《のど》が細く締まるような気がした。強がって、「そっか」とは言ったものの、声はかすれてしまう。

それをごまかすように、比呂は自分の少ない荷物を整理しているフリをしていた。

後ろで、藤が呆れたようなため息をついているのが分かった。

「比呂様。いいんですか。せっかく心通い合ったのに……どうしてまた、鈴様と旦那様を取り持つようなことをしているのです」

比呂はうつむいてしまった。

「鈴弥が、神様なんて好きになれないって言うから……素直になって受け入れたほうがいいって、話になって、引っ込みがつかなくて」

「素直になってないのは、どちらです」

藤に言われて、比呂はドキンとした。胸の奥に、苦いものがこみあげてきた。同時に、後悔も。――やっぱり嫌だ、という気持ちが、比呂の中に突き上げてくる。

（やっぱり嫌だ、嫌だ、狗神が他の人を抱くの……）

心の中に独占欲が湧いて、比呂は戸惑った。この気持ちはなんだろう。答えは突然、けれど自ずと、浮き上がってきた。

（俺……狗神が好きなんだ）

狗神が好き。狗神が好き。好きで好きで、たまらないのだ――。

それは自分でも予期していなかった言葉だった。けれどとても自然に、比呂の内側から溢れ出て、ぴたりとあてはまる。好き。狗神が好き。孤独な神様が――けれど神様だからじゃなく、ただ自分とは違う、心のある一人として、好きだ。

（好きなのに、他に伴侶ができるなんて、やっぱり嫌だ……）

かといって今、鈴弥と狗神の間に飛び込んでいって、やめて、と叫んでもいいのだろうか。

比呂は後悔した。藤の言うとおり、素直になっていなかったのは比呂のほうだった。狗神を受け入れ、とっくに好きになっていたのに、これが恋だとどこかで分かっていなかったのは、狗神が神様だからだろう。同じ心ある者同士として、人も神もないと思いながら、内心ではまだ隔てている。父を喪った時と同じ、自分のしたことが原因で大きな間違いを犯してしまった。

頭を抱えたいような気持ちになったその時、比呂はふと、自分の荷物の中から、ある物がなくなっていることに気がついた。

「……藤、俺の荷物から、木ぎれみたいなものって出したりした？」

「木ぎれ？　はて。知りませんが」

藤が首を傾げる。なくなっていたのは、神殺しの太刀だ。最後に見たのはいつだっただろう
――と考えて、不意に、嫌な予感が走る。

鈴弥が部屋を訪れてきた時、比呂はちょうど太刀を膝に持っていた。それなに、と訊かれてごまかしたものの、あのあともしばらく、鈴弥は太刀を見ていなかっただろうか……。

（鈴弥はもう三百年も、神様の伴侶をしてる。……あれがなにか、察したかも――）

――狗神か熊の神を殺さなきゃ、八咫も来れないってわけ……。

殺せば自分も死ねる、それは悪くない話だと、鈴弥は言っていた。一瞬、比呂は震えた。人が誰かを殺す時の大半は衝動だろう。薄暗い不満が自分の中に溜まっている時、ひょいと武器を持ってしまう。そのせいでつい――というのが、ほとんどな気がする。

「……狗神が、殺されるかも」

比呂が呟いたとたん、藤が「えっ？」と眉を寄せる。間髪入れず、比呂は部屋を飛び出していた。頭の奥で耳鳴りがする。縁廊を駆け抜けていくと、前は見えなかったはずの渡り廊下が見え、そのまま走る。狗神と鈴弥が屋敷のどこにいるかなど、知らなかったが、どうしてか迷うことはなかった。

比呂の心臓はばくばくと激しく鳴り、そうしてどうしてか、走っていくほどに体中のあちこちから、軋《きし》むような痛みがあがった。

突然眼の前の視界が、大きく、それこそ見えないはずの左右斜め後ろまでパノラマのように開けるのを感じた。足が力強く躍動し、床を蹴《け》ると、まるで一頭の狼になって走っている気がした。それは夢の中で、狼の狗神と一体化していた、あの感覚そっくりだった。

(狗神が、好きだ……)

愛情が、体中いっぱいに溢れ、迸《ほとばし》った。

古い時代、里人たちを見つめていた時、狗神は——いや、「私」は……なんだっただろう?

頭の中で光が弾けるような感じがしたその直後、比呂はある部屋の扉を開け放っていた。

「……鈴弥!」

狗神と寄り添った鈴弥が、たった今懐中から太刀を出したところだった。比呂は金切り声をあげた。その太刀が狗神の左肩に食い込む——とたん、比呂の左肩に、焼けた火箸《ひばし》を押しつけられたような痛みが走る。狗神が「比呂!」と声をあげ、鈴弥が眼を瞠るのが見えた。触れられてもいないはずの比呂の左肩から、血が噴き出す。どっと倒れ込んだら、狗神が抱き留めてくれた。強い腕だ。見ると、狗神の左肩はなんともなかった。かすり傷一つ、負っていない。

「比呂! 比呂! どういうことだ……っ」

狗神は顔面蒼白《そうはく》で、取り乱していた。鈴弥も呆然と立ちすくみ「どうして」とか「こんなつもりじゃ……ただ試してみただけで」と喘《あえ》いでいる。知っているよ、と比呂は思った。

どうしてか、比呂には分かった。鈴弥はきっと、狗神を太刀で刺して騒ぎを起こせば、どうにかして八咫の神に会えると思ったのかもしれない……。

「比呂様！」

飛び込んできた藤が悲鳴をあげ、手当てをしようと着物をはぐ。そして、息を呑《の》んだ。

「……傷が……旦那様の傷が……比呂様に」

視界がかすみ、早鳴る脈拍の中、比呂ははだけられた自分の上半身を見た。左胸には、赤黒い模様がいくつもついていた。以前狗神についていた傷模様だ。消えたはずだと思っていたその模様が、今、ゆっくりと比呂の胸に浮かんできて、どんどん濃くなっていくところだった。

「どういうことだ！」

焦ったように怒鳴る狗神へ、藤は震えていた。

「……かわり身です。比呂様は、旦那様を想うあまり、かわり身になってしまった」

（かわり身って……こういうことだったのか——）

情けが深いとなってしまう、と八咫の神が言っていた。胸に浮かんだ古い模様は、そのどれもがじくじくと痛み、比呂は長い長い間、狗神がこの痛みに耐えてきたのだと知った。

「私に戻すことはできんのか！」

藤に当たり散らす狗神に、比呂は呼びかけた。

「狗神。……いいよ、このままで。お前、これで生きていける」

ハッとしたように、狗神が比呂を見下ろしてくる。

「──痛かったんだなあ、これ……」

こんな痛みの中にいたら、それは、人を怨んだだろう──。

比呂を見る狗神の眼に、信じられないというような、色が浮かんでいる。肩口の傷が疼《うず》き、眼の前がかすんで、比呂はこのまま死ぬのかな、と思った。神殺しの太刀の傷なのだから、狗神のかわりに死ぬことになるのかもしれない。その前に伝えなければと比呂は声を振り絞った。

「……月白しように、麗《うるわ》しく、楠葉はまほし、八尋《やひろ》になりし、楠月白の和魂《にぎみたま》の神……」

どうしてだろう──。

一度も覚えられなかったはずの、祭の祝詞《のりと》を、比呂は今すらすらと口にしていた。

かつて里人が狗神を愛し、狗神も里人を愛していた頃、この歌は何度も歌われていたことだろう。今はもう比呂しか口にできない言葉。最後にそれだけでも聞かせてやりたかった。

「比呂」

狗神が震える。その長い睫毛《まつげ》に、涙がかかっている。

「……楠月白の……狗の神。お前、あの大楠様だったんだ……」

頭の奥で、なにか記憶を封じ込めていた箱が、ぱりんと割れたような感覚。

比呂は思い出していた。子どもの頃、雪山から帰ってきた比呂は、楠の根元に抱かれるように寝ていたのだった。あの雪山で、比呂は狗神から真名《まな》を聞いていたのだ……。

……約束の印に、私の真名を教えてやる。私は、楠月白の狗の神……。

あの日の狗神の声が、耳の奥へ返ってくる。

あれからずっと、いつも、なにか落ち込むと神社の境内《けいだい》にあがり、大きな楠を見ることで、安心した。狗神を怖いと思いながら、どうしてもそうすることをやめられなかった。

心の奥で、きっと自分は知っていたに違いない。

狗神が優しい神であり、自分はこの神様を、愛しているということ。

本当は恐れるより、愛したいということを……。

狗神の涙が、頬にこぼれ落ちてきた。比呂は満足して眼を閉じた。狗神が抱きしめてくれる気配がある。青い森の匂いに、比呂は楠に抱かれているような錯覚を覚える。ことりと意識が途切れ、眠りに落ちていく――。

次に目が覚めた時、比呂は本当に、楠の根元にいた。

それは狗神神社の大楠。狗神の本体だった。

どこかで鶯《うぐいす》が鳴き、空は柔らかに晴れて、早春の土の匂いがしていた。遠く、ブルドーザーの動く音も聞こえてくる。

着物をはだけてみると、あの赤黒い模様も、左肩の傷もすべてなくなっており、そうして、ヘソの横にあったはずの、狗神の伴侶の証《あかし》さえ、跡形もなく消え失せたあとだった。

九

（どうして？　なんで？　狗神《いぬがみ》……俺を離縁したのか？）

比呂《ひろ》は困惑していた。

神社の境内を一巡りしてみたが、どこにも狗神の姿はなかった。藤《ふじ》も茜《あかね》も、もちろんいない。

下の家に帰ると、玄関の上がりかまちに祖母のお骨が入った桐箱と綿入れ、そしてなにやら巾《きん》着《ちゃく》袋が置かれており、その中にはお札がたくさん詰まっていた。仕立てたばかりの真新しい着物や足袋《たび》まで並んでいる。

「どういうことだよ、これ……っ」

文句を言っても、答えは返らない。呆然とその場に座り込んだ比呂は、想像できる範囲で考えようとした。狗神はたぶん、かわり身になってしまった比呂を死なせないよう、比呂を離縁し、里に戻したに違いなかった。では、比呂についた傷はすべて、また狗神に戻ったということだろうか？

頭に閃《ひらめ》くものがあり、比呂は境内に戻ってみた。

「狗神……あっ……」

比呂は息を呑んで、立ち尽くした。大楠を見上げると、向かって右側の枝が一本、地面に落ちていたのだ。きっとあれは、鈴弥《すずや》が打った左肩の傷で、比呂をかわり身から解いたために、狗神自身が負ってしまった怪我《けが》なのだろう——。

（どうしよう、木の怪我や病気って、誰に治してもらえばいいんだ？）

一見、楠は枝が折れている他は傷ついていないようだが、樹木医でもないから、狗神がどんな状態か分からない。おろおろとしながら、比呂は楠にすがりついた。

「狗神。聞こえてるんだろ？　どうして俺を戻したんだよ、屋敷に帰らせて……」

けれどなにも起きなかった。境内の中は相変わらずシンとしており、狗神の声も、姿形も、幻としてすら現れてはくれない。

（……俺、真名当てしちゃったからだ）

狗神の真名は、楠月白の狗の神だった。祝詞の中に隠れていた言葉を、比呂は言い当ててしまったのだから、最初の約束どおり里に戻されてしまったのだ——。

（やっと、お前が好きだって気づいたのに）

比呂の中に、ひたひたと絶望が満ちてきた。きっともう二度と、狗神は比呂に会ってくれない。どうしてか、そんな気がした。

とぼとぼと家に戻り、玄関先の荷物をまとめていた時、家のすぐ上で、ドオン、と音がし、屋根が揺れて天井からパラパラと土塊が落ちてきた。しかもそれは一度では終わらず、もう一度、今度は壁が大きく揺すられる。比呂は驚き、慌てて外へ飛び出した。

「ちょっと……な、なにしてんだよ、あんたたち！」

玄関から見えた光景に、比呂は真っ青になった。大きなブルドーザーが、比呂の家を取り壊しにかかっていたのだ——。工事の作業員は、中から出てきた着物姿の比呂を見るや、不審そうな顔になる。

「なにって……あんた、ダメですよ、ここは取り壊すんだから、中で遊んでちゃ」

「取り壊す!? なんで勝手に俺の家を壊すんだよ！」

「あんたの家？」

ブルドーザーに乗っていた作業員がびっくりして下りてくる。なんだなんだ、と集まってきた作業員たちは、手元の工事計画書を確かめ、「いや、やっぱりここは壊す予定ですけど」と言う。

「この土地は、スミダ不動産のものになってますよ。あんた、スミダ不動産の人？」

頭の中に、冷たいものが流し込まれたような感じだった。比呂はちょっと貸して、と言って、作業員から無理やり計画書を奪う。そして愕然《がくぜん》とした。

比呂の家、土地、そして——狗神神社の敷地まで、すべてスミダ不動産のものになっている。どれもこれも壊す予定らしい。計画書を押し戻すと、比呂は作業員が止めるのもきかずに家の中へ入り、祖母の部屋に飛び込んだ。文机《ふづくえ》の引き出しをあさったが、入っていたはずの土地の権利書がなくなっている。

（ど、どういうことだよ……っ？　今、一体いつなの⁉）

もう一度外へ取って返し、比呂は作業員の一人を捕まえて日付を聞いた。

「ええ？　いつって……四月だよ」

なんということだろう――もうとっくに、外の世界は春を迎えていたようだ。見ると里に降っていた雪も止み、工事は再開されている。

「俺、スミダ不動産に話つけてくるから、おじさんたち、それまでここ壊さないで。俺のばあちゃんのお骨もあるんだから、なにかしたら化けて出るから！」

なに言ってるんだ、と文句を言われたが、比呂は聞かなかった。家に戻って服を着替え、まだ風が冷たいので冬物の上着を羽織り、狗神がくれたらしい巾着袋をポケットにねじこみ、納屋から原付自転車を出す。危惧《きぐ》していたけれど、エンジンはかかったので、怒っている作業員を無視して、比呂は県道へ出たのだった。

結論から言って、比呂の祖母が所有していた不動産は、すべてスミダ不動産に買い取られていた。比呂が失踪《しっそう》してしまったということで、役場では失踪届が受理されてしまい、土地は一旦、祖母の遠縁に渡った。そしてそれをそのまま、相続税分も込みでスミダ不動産が買い上げたという。失踪届やその他諸々の受理がたった五ヶ月の間にどんどん進められたのは、たぶんに、スミダ不動産の経営者が県議員のせいもあるだろう。

以前家に何度も来ていた不動産営業の二人に話をしに行っても、「正式な手続きを踏んだ上でのことだから」と相手にしてもらえなかった。

(……どうしよう。神社が壊れたら、あの、楠が倒されたら、狗神はどうなってしまうんだ?)

思えば思うほど、不安が増す。

比呂は今度は、役場の民生委員のところへ行ってみた。彼はまたしても失踪していた比呂が戻ってきたのを見て、驚いていたが、事情を話すと一応相談にのってはくれた。

「……そうかあ。でも、難しいと思うよ。土地を取り戻すには裁判起こして、闘わなきゃならないけど……相手は法人だし、裁判所も示談を勧めるんじゃないかなあ。何年もかかるだろうし……仮に土地を取り戻しても、税金とか大変だよ? 鳥野《とりの》さん、まだ二十歳でしょう……」

示談金をとるのが目的なら、弁護士も紹介できると言われ、比呂は断って役場を出た。大体、裁判で五ヶ月の失踪を問い詰められたら、比呂はどう答えればいいか分からなかった。神様のところにいたなどと言っても信じてもらえないだろう。頭のおかしい男だと思われて、不利になるだけだ。

(この際、家や土地は諦めてもいい。せめて楠だけ残せたら……)

それさえ無事なら、狗神は助かるのだ。真名を思い出したのだから別のものに移してくれればいいが、里人のためにいつまでも里を去れなかった狗神のことだから、それも分からない。

不意に思い立って、比呂は近くの公衆電話から、電話帳をめくってレジャー施設のオーナー会社を調べ、電話をかけてみた。

「あの、どうしても工事を中止してほしいんです。神社だけでもお願いします」

けれど電話は、受付のところで門前払いを食った。三度かけても同じだった。社長につないでほしいと言っても、「おりません」と言われて切られてしまう。

「話を聞いてください。信じられないと思うんですけど、あの神社が壊されたら、死ぬ人がいるんです。あの、本当は人じゃないんだけど、でも……」

とうとうそう言うと、受付の女性は、気味悪そうな対応に変わった。比呂の精神状態を異常だと思ったらしい。さっきよりも冷たくあしらわれて、もう一度かけてみたら、今度は着信を拒否されていた。

電話を切ったあとは、体が小刻みに震えていた。

(当たり前だ。誰も信じない。神様が本当にいるなんて言っても、みんな、俺をおかしなやつだと思うだけだ)

――もしも比呂が逆の立場でもそうだろう。

(……ばあちゃん。俺、どうしたら)

祖母を助けられなかった時、父を死なせた時と同じ後悔と無力感が、胸に押し寄せてくる。世界はなんて大きく、そうしてなんて、自分はちっぽけなのだろう。なにも変えられない。もっと自分が大人で、なにか大きな力があれば……。無意味な「たら、れば」が浮かんでくる。

けれど、こんな考えはダメだ、と比呂は思った。

これでは今までと同じだ。自分のちっぽけさを嘆くことは、もうしたくない。こんな時にいつも励ましてくれた祖母は、もういない。比呂が自分の力で、自分の心を持ち上げるのだ。

(今の俺にできることを探すんだ。諦めるな、なにかあるはずだ)

里人がみんな狗神を忘れてしまった今、比呂しか狗神を助けられない。このまま自分まで諦めてしまったら、それがそのまま、狗神の傷になる。自分だけは絶対に、狗神を忘れたくない。

公衆電話の前で考えを絞りだそうとしていた比呂は、その時束の間、見覚えのある人物が視界の端をよぎったのを見た。

それは若い男だった。道の脇で、上司らしき中年男性に叱《しか》られている。なにを言われているのかは聞こえなかったが、若い男はじっと小言を聞いており、やがて上司が立ち去り、道を渡ったところにある店舗へ入っていくまで、頭を下げたままだった。

「……墨田《すみだ》さん」

比呂は思わず、呟いていた。そして次には、大きな声で手を振っていた。

「墨田さん！　俺です、鳥野比呂……コンビニで一緒だった鳥野です……！」

久しぶりに会った、コンビニエンスストアの元同僚、墨田は驚いたことにスーツを着ていた。聞けば、アルバイトはとっくにやめ、父親が経営するスミダ不動産に入って下っ端営業をしているらしい。

「おっどろいたなー、ヒーローくん、行方不明じゃなかったのかよ。お前んとこの土地、全部親父が買っちまったぞ」

案の定、墨田は事情を知っていた。比呂は道ばたで嫌というほど頭を下げて、墨田の父親に直接会わせてほしいと頼み込んだのだった。初めは渋っていた墨田も、何度も頼み込む比呂を見て、父親に電話を入れてくれた。断られるかと思ったが、あっさり了承してもらえ、今、比呂は墨田と一緒に、スミダ建設の本社に向かっているところだった。

「不本意かもしれねえけど、もう土地は戻ってこないぜ。会うだけ無駄だと思うけどな」

スミダ不動産の社名入り営業車を運転しながら、墨田が言う。

「いえ、土地はもういいんです。……ただ楠だけ残してほしくて」

比呂が答えると、墨田はふうん、と気のない様子だった。心臓がドキドキと鳴っている。なにがなんでも説得しなければならないという緊張した気持ちだった。

「まあいいや。お前が俺に頭下げるなんてね、気持ち良かったし」

運転席で上機嫌に言っている墨田が、どうしてなのか、さほど悪い人には思えなくなっていて、不思議だった。少なくともこうして協力してくれているし、再会した時の様子から察するに、墨田は一応真面目に働いているようだ。

スミダ建設は、比呂の住む里一帯の開発工事の元請けだ。オーナー会社ではない。だが、県下での影響力は大きいし、開発のプランニングにも関わっている。難しいことは比呂には分からない。なんの力もないから、当たって砕けろ、という方法しかとれなかった。

高速道路を抜けてたどり着いた本社ビルは、県の都市部にあった。墨田の案内で最上階の社長室まで行き、緊張しながら入室すると、待っていたのは二人の男だった。

「親父、連れてきたぞ。例の失踪人物」

墨田が声をかけたのは、窓辺に立っていた恰幅《かっぷく》のいい初老の男で、その鷹揚《おうよう》な様子に、比呂は気勢を削がれて息を呑んだ。けれど同時にすぐ脇から、「もしかして、鳥野さん？」と声があがったので、比呂は驚いて振り向いた。

社長室にいたもう一人は、大柄な男だ。年は四十代後半だろう、どこか野暮ったく、無造作に切った黒髪に白いものが混ざり始めている。見覚えがないので眼をしばたたいていると、男は「尾瀬《おぜ》といいます」と言って、名刺を差し出してきた。

そこには県の国立大学の名前と、教授、という肩書きが載っている。名前は尾瀬一郎《いちろう》……。

「あ!」

　不意に脳裏をよぎるものがあり、比呂は上着のポケットへ手を突っ込んだ。すると中から、狗神に連れ去られる前日、ポストからとってそのまま忘れていた手紙が出てくる。差出人の名前は、尾瀬一郎だった。

「あ、それ僕が書いた手紙です。里にたった一家族だけ残ってるって聞いて出したんです。実は今、ちょうど鳥野さんの家が管理していた、狗神神社について話していて……」

「い、狗神神社……!?　あ、あの神社のことを知ってるんですか……っ?」

　比呂は勢い込んで、尾瀬にすがりつくように身を乗り出した。

「鳥野比呂くんか。行方不明と聞いていたが、無事なようで良かった。きみの家の裏の神社だが、ずいぶん歴史のあるものだと、最近になって、こちらの先生が教えてくださってね」

　黙っていたスミダの社長が、穏やかな声で口を挟んでくる。尾瀬が手に持っていた冊子を、ひょいと比呂に渡してくれた。それは表紙に、『狗神神社の観光資源価値について』と書かれており、中を開くと、神社のいわれ、古い祭の様式、また御利益や、楠の文化的価値について触れたあとに、観光資源として神社を遺す意義が何頁にもわたって書かれていた。

「僕の祖父が、里の出身者でね……幼い頃、狗神伝承を聞いて育ったんだ。去年の夏から工事が始まったって知ったから、慌てて、調べたんだよ」

　尾瀬が言い、社長が冊子を眺めながら「早速オーナー会社にもかけあいましたが、遺す方向

で検討するとのことですよ」と言う。比呂は眼を瞠り、

「本当ですか……？」

と、訊いた。声が震え、熱いものが、体の奥からこみあげてくる。

「樹齢千年の木だよ、鳥野くん。そんなたいそうなもの、伐るのはもったいない。うまく使えば、金も人も、十分呼べる代物だ。なに、もともとあのあたりは公園として整備する予定だったから、問題ないだろう」

スミダの社長は商売っ気を出しているだけのようだったが、それでも、比呂は嬉しかった。

（狗神を……里の人たちが、ちゃんと覚えてくれたんだ）

胸が震える気がした。もし今狗神がいたら、教えてあげたい。里を出た人たちが、今でも狗神のことを伝え残してくれていたのだと。

安堵した比呂は、思わずその場に崩れるように座り込んでいた。緊張が一気に解けて、膝が震えていることに気がついた。その場にいた全員が、そんな比呂の様子に眼を丸くしている。

一人口を挟まずにいた墨田も、

「お前、そこまで本気だったの？」

と、びっくりしたように呟いていた。

尾瀬と連絡先を交換し、比呂はとりあえず一度里に帰ることにした。家は取り壊されてしまうようだから、貴重品やどうしても捨てられないものだけ持って、ビジネスホテルに泊まる、と話すと、意外なことに墨田が車を出してくれることになった。

「なんなら今夜は、うち来るか?」

予想外の親切さに、比呂が驚いていると、墨田は少し照れたように言った。

「なんかお前……前よりは、悪くねえよ。それに妙に、キレーになったっていうかさあ……」

「きれい?」

自分にはあまりにそぐわない言葉だ。ぎょっとして訊き返すと、墨田は真っ赤になり、「勘違いすんなよ、変な趣味はねーから!」と弁解してきた。

「でもなんか、肌が光ってるっていうか……」

しどろもどろに言われて、比呂は長い間狗神といたせいかもしれないな、と思った。藤や狗神、鈴弥なども、肌の内側から光っているような美しさがあったが、あれは神気のせいだろう。比呂も狗神と過ごすうち、雰囲気が変わったのだろうが、自分ではあまり分からなかった。

「……墨田さんも、真面目に働いてるんですね。ちょっと驚いたけど……」

「あー、まあ、俺もコンビニにいた頃はひねくれてたからな」

数ヶ月の間に変わったのは墨田も同じようだった。照れたように言い、それから「正直、お前に再会したら、虫けら扱いされると思ってたぜ」と付け足してきた。

「え、俺、昔、そんな感じでしたか？」

知らないうちに失礼な態度をとっていたのだろうか。比呂はドキリとし、それからなんとなく、罪悪感を感じた。万引き事件に関して、自分は間違っていなかったと思うが、もっと墨田の立場を理解してやれていたら、と一度は反省したので、よけいだった。しかし墨田は「そういうわけじゃなくてさあ」と、言う。

「なんかお前って、真っ直ぐじゃん。頑張ってるしさあ、お前の前だと、自分のダメさが見えすぎてさー……ひねくれちまったんだよ」

言ってから、墨田は「かっこわりい」と照れ笑いしていた。

（そう……だったんだ）

比呂は内心驚き、そうして墨田を見る眼が、少し変わった。やり方は間違っていただろうが、墨田なりにあがいていたから、比呂にもあんな態度だったのだろうか。どちらにしろ、そんな気持ちを素直に吐露してくれるのだから、墨田は成長もしたのだろうし、比呂を辞めさせたことを後悔もしてくれていたのだろう。自分も、今の墨田をあまり嫌いではなくなっている。

（なんだ……人間も、合わせ鏡なんだな）

そう思うと、なんだかおかしかった。狗神や藤たちが極端すぎるだけのことで。人間だって、愛されれば愛し、憎まれれば憎む。心はいつも、一方通行ではないのだ。

「……俺も、墨田さんのこと、前より悪くないです」

ぽそっと言うと、墨田は少しだけ嬉しそうに、口の端を持ち上げて笑ってくれた。

墨田の協力で荷物を車に運び込んだあと、比呂は一度営業所に帰るという墨田に付き合って、スミダ不動産の支店へ行った。

ところが行った先で、比呂は意外な人物と再会した。

「八咫《やた》の神！」

営業所に入ったとたん、受付の奥で鼻歌交じりにファイルを整理していた男に、比呂は眼を剝いてしまった。カジュアルなスーツを着て、いかにも人間然として仕事をしていたが、それは間違えようもなく、八咫の神だったのだ。

「あれっ、比呂くん。おやおや……そうか、狗神のところは出てきたのか」

などと、八咫の神は、比呂を騙して熊の神のところへ連れて行ったこともすっかり忘れたように呑気《のんき》な様子で、ニコニコと手を挙げてきた。同僚らしき女性社員が、くすくす笑いながら、

「珍しいー、八田《やた》さん、お知り合い？」

と声をかける。それに、八田と呼ばれた八咫の神は「昔世話になった人で」と調子よく返している。比呂は墨田に断り、八咫の神の腕をむんずと摑《つか》んで外へ連れ出した。

「あんた一体、なにしてるんだよ！」

「なにって……暇つぶしに、アルバイトというやつだよ。狗神は怒ってて神域に入れてくれんし、熊の神域なぞ入ったら、取り殺されかねんからなあ」

ひょうひょうとした様子の八咫に、比呂は脱力してしまった。

「それより、狗神の神社、遺せそうなんだと？　町の神どもの間で、もっぱらそういう噂《うわさ》だぞ」

スミダ建設の社長室には神棚があった。そこから情報が伝聞で入ってきたのだと、八咫は教えてくれた。それはそれとして、比呂はじろりと八咫の神を睨む。

「お前、鈴弥をどうするんだよ。迎えに行ってやらなくていいのか？」

訊くと、八咫は「それなんだよなあ」とため息をつき、外の自動販売機で飲み物を買った。比呂のものも奢《おご》ってくれる。そんな様子はいかにも人間じみている。

「鈴の気配は伝わってくるから、あれはまだ俺の伴侶なんだろ。狗神は手を出してないらしいな。このままあそこに置いておいてもいいんだが……」

「それじゃ、鈴弥がかわいそうだよ」

思わず、比呂は八咫の神を責めていた。最後に見た鈴弥は、比呂を傷つけたことに青ざめて、震えていた。神殺しの太刀を使ったのもきっと、出来心だったに違いない。

「……百年間はずっと一緒だったんだろ。お前だって鈴弥が気がかりだから、狗神や熊の神を怒らせたのに、こんな近くでバイトしてるんじゃないの？」

それに、今にして思えば、熊の神のところへ比呂を連れて行ったのも、鈴弥を諦めさせるため、という意味合いがあったのかもしれない。

八咫の神はなんだかんだ、鈴弥が大事なのではないか……。

（憶測だけど、鈴弥も、八咫に来てほしいんじゃないかな）

だから、どこの神の伴侶になっても、すぐに他のところへ連れて行ってと文句を言うのではないか。比呂にはなんとなく、そう思えてしまう。

「……お前さんは素直だねえ」

缶コーヒーを開け、八咫の神は感心したように呟いている。

「鈴もそのくらい素直な時があった気がするけどな。……俺もよく分からんのだ。鈴は俺を好きなような、嫌いなような……どっちでもあってな。特にここ二百年はひねくれて」

「あんただってひねくれてるだろ。そんなだから、鈴弥の気持ちもひねちゃったんだよ」

比呂が言うと、八咫の神は「手厳しい」と声をたてて笑った。

「……俺は放浪する神だ。住居もないしな、人の身には辛いだろ。どこへ行っても落ち着かん。家にいて、好きな相手ができればそれが一番いいかと思ったんだ」

最初に鈴弥を連れ出した時は、そこまで考えなかった、と八咫の神が言う。

「あの時すぐに、人の世界に返してやっていたら……と、たまに思うんだよ」

嘘つきな神だが、今の言葉はどれも本心だと、比呂にも分かる。

「狗神もだけど……神様って大概、傲慢だよな」

ぽつん、と比呂は言った。八咫の神がおかしそうに眼を細め、顔をあげる。

「人間のこと、守ってあげなきゃって思ってる。たしかに俺たち、不思議な力はないけど……誰かを大事に思う気持ちは、人間も神様も同じだって思う」

比呂は八咫の神を見つめ、真剣に続けた。

「伴侶って、一生をともにする人のはずだろ？　良い時も悪い時も。どっちかが苦しかったら二人とも苦しいし、どっちかが嬉しければ二人とも嬉しい。鈴弥を伴侶にした時、ずっと一緒にいたいって、ちっとも思わなかったのか？　お願いだから迎えに行ってやって。時間がかかっても、二人で生きていける道を、一緒に探してよ」

それはたぶん、比呂が狗神にしてほしいことだった。

狗神に会いたい。一緒にいたい。どうしたらまた一緒にいられるのか。迎えにきてほしい。もう一度、二十歳の誕生日の夜のように……。

思いがこみあげ、目尻《めじり》が濡《ぬ》れた。黙って聞いていた八咫の神が、そっと、比呂の目元を拭《ぬぐ》ってくれる。こんな優しい仕草が、このいい加減な神様にもできたのか……と、思う。

「……神の伴侶の理想は、深情け。しかし情が過ぎると、困りものだな」

嘘つきの俺でさえ、心を動かされる、と言って、八咫の神は比呂から手を離した。

顔をあげると、八咫の神の姿は、幻のように消えてしまっていた。

ただ鴉の羽が一枚だけ、ひらひらと上空から落ちてくるところだった。

十

瞬く間に数ヶ月が過ぎ去っていき、比呂《ひろ》は二十一歳の誕生日を迎えた。

その日、尾瀬《おぜ》から連絡を受けた比呂は、二日ぶりに里へ戻り、狗神《いぬがみ》神社に新しく建て直された祠《ほこら》を見て、嬉しかった。

「ご神木の前に社務所を作ってね、あと、本殿を建てる計画もある。こっちでお守りを売るそうだよ。立て看板の案なんだけど、どうかな」

狗神神社はアウトレットモール内の公園の一部として遺されることが決まり、若いカップルやパワースポット巡りが好きな女性客向けに、縁結びや安産祈願の場所として、よりきれいに整備されることになっていた。縁結び、安産が主な御利益なのは、狼が夫婦仲良く、出産子育ても夫婦一緒に行うから、という理由らしい。

「祭の時の祝詞、ここに入れてくれたんですね」

神社の由来を説明する立て看板の文面案を見て、比呂は声を弾ませた。

――月白しように麗しく、楠葉はまほし、八尋になりし、楠月白の和魂の神。

その文章が、看板の一番最初に書かれている。これは比呂の希望だった。そうして、狗神の名前を、口から口へ、人の記憶から記憶へ、広げていってほしいと思っていた。

尾瀬は今、狗神神社の整備計画にだけ、アドバイザーとして参加している。比呂はこの数ヶ月のうちに安いアパートを借り、アルバイトをしながら、ちょくちょく里に来ては、狗神でもある大楠の様子を見ている。一時は神殺しの太刀のこともあり、木が枯れないか心配していたが、自腹を切って樹木医に診てもらったところ、驚くほど状態がいいということだった。

「樹齢千年とは思えない、若木のような生命力です」

と、樹木医はすっかり感じ入っていて、比呂も心から安堵した。

尾瀬はそんな比呂を信心深い青年と思い込み、いろいろと進捗《しんちょく》状況を話してくれたり、意見を聞いてくれたりしていた。

二人は今、境内にあがる階段を並んでのぼっている。鳥居をくぐると、懐かしい大楠の姿が見え、比呂の胸はドキンと高鳴った。我ながらおかしいと思うが、今では楠を見るだけで、比呂は胸がドキドキし、嬉しくなるのだった。楠が狗神だと思っているせいだろう。もっとも、この数ヶ月、比呂は一度も狗神に会えなかったけれど。

「樹木医の資格目指すんだって？　大変なんでしょ」

「あ、それはまだ考え中なんです……」

尾瀬に訊かれた比呂は、曖昧《あいまい》に笑った。

樹木医は、文字通り樹木の医者のことだ。

なれるまでには長い時間がかかるが、どうしたら狗神のそばにいて、役に立てるか考えた時、樹木医なら、狗神の本体である楠に関われるかもしれない、と比呂は考えるようになった。

とはいえ、本当は決心がつかないでいる。この数ヶ月、いつかは狗神のもとへ帰れないかと思い、なんとなく進路を決めかねていた。いつでも狗神と一緒に暮らせるようにしておきたかったからだ。けれど——数ヶ月が過ぎても、狗神は迎えに来てはくれない。

神域の山にも一、二度入ってみたが、狗神には会えなかった。もう狗神は自分と会う気はないのだろう。諦めようとしているが、比呂にはまだ未練があった。

(……もう一度そばに行きたいなあ)

茜《あかね》や藤《ふじ》にも会いたい。狗神と一緒に暮らしたい。

そう思い出すと、胸が切なくなり、やるせない気持ちばかりが募る。だから比呂は、なるべく考えすぎないよう、気をつけていた。

楠の前まで来ると、尾瀬は「いつ見ても立派だねえ」と、ため息をついた。比呂も心の中で(二日ぶりだな)と話しかけたけれど、ふと、表皮にえぐれた傷があることに気がついた。

「また傷ついてる。薬塗っておかないと……」

いつも持ち歩いている樹木用の傷薬を塗ってやっていると、尾瀬が「マメだねえ」と感心した。このところ、大楠は比呂が来るたびどこか小さく傷ついていて、こんなことは、以前祖母と里に住んでいた頃には一度もなかったことなので、比呂は気がかりだった。けっして大きな傷ではなく、木が病気の様子もなかったが、いつもいつも傷ついている様は、なんだか狗神に会えないことで、どれだけ元気にしていても、心の奥で淋しさを感じ続けている、比呂の心にも似ているように思えた。

「お、ヒーローくん。先生」

境内の階段をあがってきて、大声を出したのは墨田《すみだ》だった。仕事の途中らしい。スーツの上に、スミダ不動産の社名が書かれた蛍光色のウィンドブレーカーを着ている。

「墨田さん、この近くで仕事？」

比呂が訊くと、墨田は少しバツが悪そうな顔で「おう、まあな……」と言う。墨田とは、この頃、頻繁《ひんぱん》に顔を合わせている。安いアパートを探してくれたのも墨田だったし、比呂が里に来ていると、ついでのようにやって来る。一緒に食事をすることもある。

しばらく三人で喋《しゃべ》った後、尾瀬が仕事で先に帰ると言い、比呂は墨田と二人きりになった。

「あのさ……お前、今日、誕生日だろ」

と、突然切り出され、比呂は驚いた。なぜ知っているのかと思ったが、頷く。今日は比呂の、二十一歳の誕生日だ。墨田はなぜか目元を染め「それでさ」と、もじもじしている。

「このあとさ、よかったら食事でもするか？　奢るぜ！」

誘われ、比呂は嬉しかったものの「ごめん」と断った。墨田がぎょっとなり、

「もしかして、もう先約入ってんのか？」

と訊いてきた。それに比呂は、「違うよ。なんで？」と笑った。

今日の誕生日、比呂は狗神である楠の近くで過ごそうと決めていた。

幸い、比呂の住まいは取り壊しが延期されたので、本格的な工事が入るまでは使っていいことになっている。いないうちに強引に土地買収を進めたわりに、文句一つ言わなかった比呂への、墨田社長なりの気遣いらしい。誕生日は去年、狗神が迎えにきてくれた日だ。また来てくれるはずもないけれど、狗神も比呂がそばにいることを感じ取ってくれるかもしれないし、感じ取ってくれたら嬉しい。

（未練たらたらだな……俺）

自分でも呆れるのだから、そんな理由は他人には言えない。

「ばあちゃんが倒れた日でもあるし……ちょっと一人で過ごしたくてさ」

と、言うと、墨田は複雑そうな顔をする。「ふうん……」と肩を落としたが、しばらくして急に、比呂の肩をぐっと抱き寄せてきた。唐突な墨田の行動に、少し驚く。

「じゃあ、俺がお前を慰めてやるって……」

顔を覗《のぞ》き込まれたその時、墨田が「いてっ」と声をあげて頭を押さえた。

見ると、墨田の後頭部に小粒の石が当たり、下に落ちたところだった。

「なんだあ？　ま、いいや、ヒーローくん」

不審げに眉を寄せつつ、墨田が再度比呂に近づくやいなや、境内の地面から小さな石が浮き上がり、また、墨田の後頭部に飛んできた。

「いてっ、なんだよ、誰だ！」

墨田が腹を立て、石の飛んできた方向に向かって走り出す。雑木林に誰か隠れていると思ったらしい。けれど比呂はたしかに、境内の小石が独りでに浮き上がったのを見た。思わずじっと、楠を見つめる。

「もしかして、狗神……？　いるのか？」

そっと、問いかけてみる。

「狗神。いるんだろ？」

比呂の声は震えた。楠の根元まで歩み寄り、その木肌に触れる。瞼の裏に、狗神の姿が浮かんできた。高い背に、銀の髪。金の瞳。美しく気高い、山の神様の姿が。

——会いたい、会いたい、会いたい。

狗神に会いたい……。

「いるなら、返事くらいしろよ。……俺今日、誕生日なんだぞ」

けれど誰も答えてはくれなかった。胸の奥から孤独感と失望が、ふつふつと湧いてくる。これだけ待っているのに……。それなのに、狗神は声さえ聞かせてくれない。

（俺、まだお前が好きなのに……なんで？）

泣きたい気持ちを比呂は抑えた。雑木林のほうから携帯電話の鳴る音がして、やがて戻ってきた墨田が、仕事場から呼び出されたと言って帰っていくのを見送っている間も、比呂の中にはじくじくとした孤独感がずっとつきまとっていた。

やがて夜になり、比呂は久しぶりに里の家に泊まった。

荷物の大半は処分していたけれど、最低限一泊できる程度の設備はそのままだった。とはいえ電気やガスは通っていないので、暖房はストーブくらいだ。

夜には冷え込み、比呂は知人から分けてもらった薪《まき》を入れてストーブを焚《た》いた。

一人だと、空気の張り詰める音が聞こえるほど、静かだ。薪がはぜ、優しいオレンジの光が室内をぼうっと照らす。そっと窓辺に寄って見ると、丸い月が出ていた。

(狗神は、俺のこと、まだ覚えててくれてんのかなあ……)

藤は、茜はどうしているだろう。鈴弥《すずや》は、八咫《やた》の神と会えただろうか。そんなことを考えているうちに、胸が切なく、苦しくなった。

数ヶ月が経っているというのに、比呂にとって——生活は、どうしても狗神たちの家なのだ。

狗神のこと、藤のこと、茜のことが気がかりなのだ。まるであの三頭の狼が自分の家族のように思えて、慣れ親しんでいるはずの人間世界のほうが、比呂には非日常に感じられる。

(こんなんじゃ、いつまで経っても忘れられない)

けれど忘れたいのではなく、忘れたくないのだと、自分でも分かっていた。

足の先から淋しさが押し寄せてきて、胸が苦しくなった。このままもう二度と会えないのなら、いい加減諦めるべきだと分かっているのに、会いたい気持ちは衰えるどころか、日々募っていく。

時計を見ると、いつの間にか時刻はもう十一時半を過ぎていた。あと三十分で、比呂の誕生日も終わる。このまま狗神は来てくれないのだろうか、と思うと、比呂の目尻に、じわじわと涙が浮かんだ。

「……狗神のバカヤロウ。なんで会いに来てくれないんだよ……」

自分が一人ぼっちで、今もまだ、狗神だけを好きなことが伝わっていないはずがない。比呂は毎日のように狗神に会いに来ているのだから。それとも、狗神はもう比呂なんて忘れていて、気にもしていないのだろうか。千年も生きてきた神様だから、人一人のことなんて、さほど長く引きずらないのかもしれない……。

――もしも、今日この日、会えなかったら。

と、比呂は決めていた。その時は一つのけじめとして、狗神を諦めようと。この人間世界でちゃんと自立して生きていけるよう、進路も決めなければ。

比呂にとって今日この誕生日に、狗神を待つことは、一つの賭《か》けでもあった。

凍った窓の向こうに、黒曜石をはめ込んだような夜空が見え、真珠のような月が浮かんでいた。雲一つない空だ。耳を澄ますと、木々のざわめきが聞こえてくる。

時計はいつしか、十一時五十九分。あと一分。

秒針を見ながら、カウントダウンをする。

——十秒、九秒、八、七、六、五、四、三……。

（一、ゼロ）

終わった。

「お前は俺のこと、そんなに好きじゃなかったのかな……」

ぽつんと呟いて、比呂はたてた膝に、こてんと頭を乗せた。

終わってしまった。そう思った時、眼に涙がこみあげ、比呂は膝に顔を伏せて嗚咽《おえつ》していた。

狗神は来てくれなかった——。

どのくらいそうしていたのだろう。

ふと、誰かに頭を撫でられたような気がして、比呂は眼を開けた。どこからか、青い森の匂いがふんわりと香ってくる。気のせいだろうか。ストーブの中で薪が崩れ、すうっと火が消えていくと、部屋の中は青い闇に閉ざされた。

「……狗神」

比呂はかすれた声で、呟いた。

闇に変わった部屋の中に、狗神が立っていた。

まるで幽霊のように――。

最後に会った時と変わらない、美しい顔。淡色の着物を着て、静かに比呂を見つめている。

その眼には苦しげな色があり、なにか物言いたげに揺れている。

これは幻だろうか？　一瞬で消えてしまいそうなのが怖くて、比呂はゆっくり立ち上がった。

「……狗神。来て、くれたのか？」

もう一度呼んで近づく。けれどそうすると、狗神はその分、距離をとって後ろに後じさった。

また数歩近づくと、やはり後じさる。部屋の中で追いかけっこをしているような感じで、触れさせてもくれず、抱きしめてもくれない狗神に、比呂はだんだん焦《じ》れ、腹が立ってきた。

「……なんだよっ、なんでせっかく会えたのに……逃げるんだよ！」

鼻の奥が、ツンと酸っぱくなった。熱いものが目頭にこみあげ、またぽろりと頬を落ちる。

この数ヶ月、比呂がどんな思いでいたのか、狗神には分からないのだろうか。会いたい気持ちを必死に宥《なだ》めて、今できることをしようと思いながら、心の中ではすぐにでも狗神のもとへ飛んで帰りたかった。

山の中をうろつき、周りから不思議がられても里に通い……そんなふうに、もう一度会えることを望んで過ごした日々の孤独が、今一気に、比呂の胸の中に溢れてくる。

「俺はずっとお前に会いたかったのに……会いたくて会いたくて仕方なかったのに、お前は会いたくなかったのか？」

泣きながら責めても、狗神はなにも言わずに黙っている。

二歩前に進むと、やっぱり二歩後ろに下がられる。

「なんで触らせてくれないんだよ！　ケチ！　バカ！　人でなし！」

思いつくかぎり罵《ののし》ったとたん、狗神の顔が真っ赤になった。そして、

「触れるか、馬鹿者！」

不意に怒鳴り返されて、比呂は眼を見開いた。触れるか？　馬鹿者？　どういう意味だ。狗神は眉を寄せ、苦い顔をし、口の中で小さく舌を打っている。

「貴様こそ、昼間の男はなんなんだ!?　あいつと、なにかあったんじゃあるまいな」

「昼間……？　尾瀬先生なら、お前のためにいろいろ考えてくれてるいい人で——」

「違う！　軽薄そうな若い男だ！　お前を見る眼が気に入らん！」

「……ああ、墨田さん？　そういえばお前、石ぶつけたろ。ああいうことしたらダメだろ？」

「誰にでもしているわけじゃないわ！」

怒鳴ってくる狗神の意図が分からない。しかしそんなことはどうでもいい。墨田の話より、するべき話がいくらでもあるだろうと比呂は腹が立った。

「そんなのどうでもいいよ、それよりどうして触らせてくれないんだよっ？　俺、ほとんど毎日ここに来て、お前のことばっかり考えてたのに！」

「私だって、毎日貴様を見ていた！」

狗神の言葉に、比呂は一瞬なにか言い返そうとして――ふと、言葉を失った。

「……毎日、俺を見てたの？」

それはどういう意味なのか。分かったのは、狗神が自分を忘れていなかったということだった。それだけで、怒りが緩む。

狗神は気まずそうに、比呂から眼を逸らしている。比呂の胸の奥が、きゅっと引き絞られたように感じた。

「お前の神社、遺されることになったんだよ」

「らしいな」

「里の人にも、お前を覚えてる人がいた。お前、忘れられてなかった」

「ああ」

「俺、会社に頼みにも行ったんだよ。……このままなら、お前は二千年も三千年も生きていけるかもしれない」

「そうだな」

「俺、頑張ったんだよ」

「――知っている」

知っている、と狗神は言い、どこか苦しそうに、うつむいた。

「知っている。すべて。……お前がたった一人で、私のために頑張ってくれたことを」

比呂の中に、なにか熱いものがこみあげてくる。大きな感情の塊に、胸がはちきれそうになる。

「俺……お前のこと、忘れたことなかった。会いたかった。……狗神、俺に触ってよ」

比呂の声は、涙声になっていた。狗神が、苦いものを嚙《か》みつぶしたような顔をする。

「私には……できない。——触ったら、またお前を連れて行ってしまう」

狗神の声が、苦しそうに震えている——。

比呂は気がつくと、もう駆けだしていた。駆けて、狗神の厚い胸に飛び込んで、しがみついていた。涙がどっと溢れ、滝のように頰をこぼれた。

「連れて行けよ、俺を連れて行けよ。どうして迎えに来てくれなかったの、俺はお前が好きなのに……お前は違うの？」

狗神の金の眼も、比呂につられたように赤らんでいる。

「お前にはここでの生活がある。鈴弥を見ているだろう、何百年も生きていくことなど、人間には辛いだけだ。今ならまだ、戻れる」

「鈴弥は鈴弥、俺は俺だよ。お前が好き。お前が好きなら、いくらだって生きていけるよ」

ダメだ、と言って、狗神が辛そうに首を横に振る。

「……お前は情が深すぎる。私が受けた傷まで受けてしまう。今は大した傷もないからいいが、また前みたいなことがあって、お前が私のために大怪我を負ったらどうする」

「そんなこと、どうだっていい。大したことじゃない」

「大したことだ！」

狗神は怒鳴り、今度は弱々しい、かすれたような声で「大したことだ……」と、呟いた。

「……私がどんな気持ちで、お前をここに帰したと思う。自分の身が削られ、人が私を忘れ去った時より、胸が引き裂かれそうに、辛かった。お前が死ぬかもしれないと思ったら……自分が死ぬより、怖かった」

うなだれた狗神の眼に、その時のことを思い出したような涙が、浮かんでくる。星の瞳から落ちてくる涙は、それ自体がガラス玉のようにきらめいて、美しい――。

比呂は言葉もなく、狗神を見つめた。

愛する人を失う恐ろしさなら、比呂も知っている。狗神が失われそうだった時、比呂も怖かった。

感極まったように、狗神が、比呂を抱きしめてくれた。逞《たくま》しい腕は、比呂を包みながら、子供のように震えていた。まるで怯《おび》えた犬のようだ。比呂は狗神の背に、そっと腕を回した。

「――……私は、怖いのだ」

絞り出すように、狗神が言う。

「お前を傷つけることが怖い。それだけじゃない。お前が言うように、本当に、二千年、三千年と生きていくうちに……お前が、私を選んだことを、後悔したらと思うと……怖い。お前に愛されなくなるのが……怖いのだ」

なんてバカな神様だろう――。

傲慢で尊大な、山の神。大きな森を持ち、大地を領土とし、人間には計り知れないほどの力を持った、千歳の神様だ。その神が、今、比呂というたった一人の人間のために震え、怯えている。百年も満たず死んでいく、小さな生きもののことで泣いている。

比呂の胸の中に、甘い幸福感が満ちてくる。

「狗神……。人と人が、一生、一緒にいようって決める時もさ。死ぬまで、同じ気持ちでいられる自信なんて、本当は誰も持ってないんだよ」

狗神の広い背中を撫で、比呂は子どもに言い聞かせるように、ゆっくりと言う。

自分はこの神様が好きだ、と思った。

心から好きだ。愛することに怯え、けれど痛いほど純粋な、山の神。枝を張り、土を肥やし、水を蓄えて、里人を愛してきた孤独な神様。

「それでも……ずっと一緒にいたいって思う、眼には見えない気持ちだけ信じて、手をとりあうんだ。俺がお前を好きなのは、お前が神様だからじゃない。俺たちは人と神様だけど、一緒にいたいって気持ちが変わらないなら……そんなふうに始めたって、いいんじゃないかな」

この気持ちを忘れないでいようと、比呂は思った。

二千年、三千年が経っても、もっともっと時が経っても、出会った最初に思ったこと。狗神と一緒にいたい。それさえ思い出せるなら、きっと大丈夫。

いつでも幸せで、いつでも満足していることなんて、あるはずがない。

時には腹を立て、少し嫌いになることもある。それでも一緒にいようとするところに、愛はある。

「——俺はお前といたい。ずっと一緒にいたい。お前が嬉しいことを一緒に喜んで、お前が悲しいこと、一緒に泣いて……そんなふうに生きたい。お前が幸せでいるのを、そばで感じていたい。できたら、俺がその一部になれたらいい。お前の、家族になりたい……お前は？」

愛しさが溢れ、胸が詰まりそうなほど。こんこんと溢れてくる愛情に、会えなかった間の痛みもすべて消えていく。

顔をあげた狗神が、潤んだ眼で比呂を覗き込む。

「お前は？　俺といたくない？　俺を好きじゃない？　俺を愛してない？　俺なんてどうでもいいのか？　俺、百年もせずに死んじゃう。お前、俺がいなくなったあと、平気なの？」

言葉を重ねる比呂に、狗神の厚い体が、その時のことを恐れたように震えた。

「うつけが」

かすれた声で、言う。

「平気なわけがない。お前を、愛さないなど。だが、愛しているのも、同じように痛い……」

瞬きした狗神の瞳から、こぼれ落ちた涙が、比呂の頬の上で弾ける。比呂の胸は痛んだけれど、それは幸福な痛みだった。

「――じゃあ、お前は人間に近づいたんだ。俺も同じだよ」

そっと身を寄せ、比呂は狗神の頭を胸に抱いてやった。子どもにしてやるように、頭を撫でてやる。

「大丈夫だよ。俺もおんなじ。お前を失うのが、怖い。だから二人で、一緒にいよう。俺がお前を、お前の怖さから守るから、お前は俺を守って。な？　お願い。俺と一緒にいたいって言って」

比呂の言葉に、狗神が背を震わせて咽《むせ》んだ。

――私も、一緒にいたい。

涙にしゃがれた声で、狗神は言ってくれた。ホッと胸が緩み、比呂は微笑《ほほえ》む。顔をあげた狗神が、涙を拭《ふ》くこともせずに唇を寄せてくる。眼を閉じると、優しい口づけが降りてきて、それは懐かしい、森の香りだった。

それからすぐ、比呂は狗神に連れられて、藤たちの待つ屋敷へと帰った。

アパートの契約を打ち切ったり、荷物を整理したりは後日することにして、とりあえず藤と茜に会いたいと比呂がせがんだのだ。比呂は初めて、狗神の屋敷を外から見ることになった。山の中をしばらく行くと丹色《にいろ》の鳥居が見え、その向こうに庭と家屋があった。

屋敷に着くと、比呂の到着を知らされていたらしい、藤と茜が門前で迎えてくれた。茜は比呂に駆け寄ってくると、抱きついて、わっと泣き出した。

「比呂さま、比呂さまあ……っ、茜、会いたかったんだよおっ」

泣きじゃくる茜を抱きしめると、比呂も涙が出た。愛しさで胸がいっぱいになり、ただもう茜を一日中でも甘やかしてあげたい気持ちだった。

「お帰りなさいませ、比呂様。きっとまたお会いできると信じておりました……」

藤は落ち着いていたけれど、その眼だけは、潤んで赤くなっていた。

「これからも、よろしくな、藤。ありがとう」

涙目で比呂が言うと、藤はこれまでで一番嬉しそうに微笑んでくれた。笑みを交わし合っていると、横に立っていた狗神が眉を寄せる。

「おい。いつまで見つめ合っている」

「おや、ほんの数十秒ではないですか。なにを怒っていらっしゃるのやら」

藤は相変わらず、物怖じしていない。

「鈴弥は？　いないのか？」

門の前には出てきていないので訊いてみると、藤が言うには、数日前に出て行ったそうだ。

「八咫の神が近くにいるようだから、会ってくると……出会えたのか、分かりませんが」

　藤の言葉から分かったのはそれだけだったけれど、きっと、八咫が迎えに行ってくれたのだろうと、比呂は信じていた。直接会って話もしたかったけれど、またいつか会えるはずだ。

（幸せになってくれるといいな……）

　そんなふうに思う。

「比呂さまっ、茜ね、茜ね、比呂さまのおへや、おそうじしたの。あとね、お茶もじょうずにいれられるようになりましたっ」

　茜ね、茜ね、と一生懸命話しかけてくる茜に手をひかれ、屋敷の中へ通された比呂は、眼を見開いた。

　それは——里にある、比呂の家と、ほとんど同じような作りに変わっていたからだった。

　違いと言えば、部屋の数が多くて、間取りが一つ一つ広く、まだ新しくてやや豪華なところくらいだろうか。それ以外は、住み慣れた家そのものだった。

「……これ、どうして？」

　振り返ると、狗神がこほんと、気まずそうに咳《せき》をし、藤がくすっと笑った。

「離れていた棟をくっつけましてね、みなの部屋を近くにして、居間も作ろうかと……それなら、比呂様のお家そっくりでいいじゃないかと、旦那様が。急ごしらえですが」

　藤と狗神を見比べ、比呂は、泣きそうになった。

嬉しかった。自分のことを想って、そうしてくれたのだと思うと、たまらなく嬉しかった。

「お前と私の寝室は一緒だぞ」

と、狗神が照れ隠しのように、言う。茜が比呂の手を引っ張り、「茜のお部屋も、近くになったの！」とはしゃぐ。藤はにこにこし、「まだ喜んでいただくことがありますよ」と、比呂を促した。

玄関から入ると、台所が横手にある。扉を開ければ祖母がいそうな気がした。木の匂いがする廊下を通り、居間へ入って、比呂は立ちすくんだ。

黒塗りの、美しい大卓の上に、誕生日ケーキが載っていたからだ――。

どこで買ってきたのか、骨付きチキンの唐揚げに、パスタ、温野菜のサラダまである。取り皿は四人分。ロウソクの差されたケーキの真ん中に、「比呂さま、お誕生日おめでとう」と書いてある。

比呂はもうこらえきれず、泣きそうになった。

「遅れましたが、お誕生日でしたからね」

藤がにっこり言い、強引に席につかされる。茜と狗神も、食卓につく。茜はぴょんぴょんはねながら、チキンを見て、

「お肉！　食べるの初めて！」

と、興奮していた。

「……こういうことをするんだろう。誕生日祝いというのは」

狗神が、ぼそっと言う。

「家族で、食事をしたり贈り物をすると」

うん、と比呂は頷いた。いつだったか話したことを、狗神は覚えていてくれたのだろうか。父を喪った誕生日。祖母を亡くした誕生日。今日は生きてきて、一番嬉しい誕生日だ——。

涙ぐんでいる比呂を見て、茜が「比呂さま、どこか痛いの？」と心配そうになる。藤はニコニコし、「お歌を歌ってあげたら、治りますよ」と言っている。

茜が張り切って、こっそり練習したらしい、誕生日の歌を歌ってくれた。ロウソクの火を消して、比呂は笑った。

ここが自分の家で、これから始まるのが自分の暮らしだ。茜と藤、そして狗神が自分の家族だ。もう、一人ぼっちだなんて、思うことはない……。

切り分けてもらったケーキを食べ、四人で食卓を囲んで遅くまでしゃべり、はしゃぎすぎた茜がぐっすりと眠る頃には、夜は更けていた。

藤が茜を連れて下がっていったあと、比呂は狗神と二人きりになった。

そういえば、比呂と狗神の寝室は一緒になったのだった。気がつくと、居間から二部屋離れた座敷へ二人用の布団が敷かれていて、それを見ると比呂はなんだか恥ずかしくなる。

けれど照れて立ち尽くしていると、どうしてだか狗神はなかなか手を出してこなかった。

「……おい。しないの？」

比呂は思わず、狗神を振り返った。

訊かれた狗神は、どこか神妙な顔をし、眉を寄せて最後の葛藤《かっとう》をしているように「比呂」と低い声を出してきた。

「いいのか？　もう一度伴侶の証をつけたら……私は二度と、帰さない」

思い詰めた言葉に、比呂は狗神がまだ不安を感じているのだと知った。それほどに、愛することが怖いものなのか。それは一度、愛していた里人に裏切られたせいなのか――。

そう思うと恥ずかしさは吹き飛び、比呂はただ狗神を安心させてやりたくて、その大きな手を握っていた。厚い胸に飛び込むようにぴたりと寄り添うと、狗神が驚いたのか、わずかに身を竦《すく》める。

「俺のこと、抱きたくないの？」

訊いたけれど、答えは分かっていた。胸と胸をくっつけてからすぐ、比呂の足に、だんだんと張り詰めていく狗神の性の感触が感じられたから。その欲望の素直さが、比呂には嬉しい。迷わないでほしいのだ。神様らしい傲慢さで、強引さで、自分のことをさらっていってほしい。比呂はそんな狗神が好きなのだから。

瞬間、襟足《えりあし》を摑まれるようにして顔を上向けられる。

「許せ……っ」

吐き出すように言ったあとで、狗神が、本当に犬が嚙みついてくるような――激しさで、比呂の唇にむしゃぶりついてきた。


一度唇を合わせると、比呂は狗神と二人、布団の上に倒れ込んだ。

唇を放すのが嫌で、キスを繰り返しながら、互いの服を脱がしあう。

狗神の着物をはだけると、その体に、傷の模様はもうなかった。美しく引き締まった筋肉に、思わずうっとりと指をのせながら、比呂はふと思い出して訊いた。

「そういえば、お前、しょっちゅう小さな傷できてたけど、あれ、大丈夫なの？　なんで？」

心配もしていたので訊くと、狗神は顔をしかめた。

「お前に会いたくて……会いたいと思うと、小さな傷ができたのだ。お前の顔が見られると、消えるから……」

思ってもみなかった告白に、比呂は赤くなり、ドキドキした。

（もう……ほんとこいつ、なんでこんなに可愛いんだろ）

思わず、そう思う。

見るからに自分より年上で、そして実際は気が遠くなるほど年上で、傲慢で尊大で、力勝負をしたら絶対にかなわず、なんでも自分勝手に決める、お殿様のような相手なのに――もうこの際、比呂は認めることにした。比呂には、狗神が可愛くて可愛くて、仕方ない。そばにいて頭を抱き、ずっと背を撫でてあげたい、そんな気持ちにさせられる。

そして抱かれるのは……狗神のなにもかもを受け止めて、自分の中で温めてあげたいような、そういう気持ちになるせいだった。

（こんなの、言ったら気持ち悪いから言えないけど！）

我ながら恥ずかしく、赤くなりながら、比呂はぎゅっと狗神の首に抱きついた。

それに気づいているのかいないのか、狗神は性急に比呂の服をはぎ取り、むしゃぶりつくように、乳首に吸い付いてきた。

「比呂、比呂……」

熱に浮かされたように言い、分厚い舌で、比呂の乳首をねぶってくる。

「ん……っ」

空いた片方を指でつままれ、比呂の乳首はすぐさま凝った。甘い快感が下肢に走る。

やがて狗神は九つの尾を出し、比呂の全身を、さわさわとなぞりはじめた。

「あ……っ、や、やだ」

柔らかな刷毛《はけ》で触れられているようで、肌が粟立《あわだ》つ。やがて二つの尾が性器にからみつき、うねうねと緩急をつけて刺激された。しかも先端の鈴口へ、もう一尾が長い毛をたててくすぐってくるのだ。もどかしい快感に、背が震え、比呂は「あっ」と高い声をあげていた。

「な、なんで、しっぽ、しっぽ使うんだよぉ……」

その気持ちよさに、思わず甘えた声が出る。すると、狗神が顔をあげて、口の端だけでニヤリと笑った。

「……気持ちいいのか？　ここも、触ってやろうか」

とたん、比呂は「ひゃっ」と腰を浮かした。

後孔に、二つの尾が忍び寄り、さわさわとくすぐってきたのだ。

「ちょっと、やめ……あっ」

次に比呂の後孔に触れてきた狗神の尾は、どうしてだか、じっとりと濡れていた。

「な、なにこれ……っ」

得体の知れない、ねっとりとした液体が後孔に擦《こす》りつけられ、比呂は眼を見開いて震えた。

「案ずるな、変なものじゃない。樹液だ。濡らさんと痛いだろう」

「じゅっ、樹液!?」

比呂はぎょっとなったけれど、よく考えれば狗神の本質は楠なのだった。樹液からは樟脳《しょうのう》が少し淡くなったような、涼しい匂いがした。濡れた尾は比呂の後孔をも濡らし、やがて二尾がぬるぬると比呂の中へ入ってくる。

「あ……っ、あ、んっ」

狗神は、比呂の気持ち良くなる場所を、はっきりと覚えていたようだ――。

入ってきた尾を、感じる場所に当てられて、掻《か》き回され、出し入れされて、比呂の後ろは瞬く間に蕩かされていた。

「あ、あ、……ん、ひゃっ、あっ」

「比呂、比呂……。早くお前に入りたい。自分の尾にも、嫉妬《しっと》しそうだ……」

耳元で、狗神がとんでもないことを言ってくる。

それに反応して、比呂はきゅうきゅうと後孔を締め上げ、すると中で尻尾が擦れ合い、比呂の性器は硬く張り詰めていった。先端からはとろとろと先走りが溢れ、狗神の尾を濡らしている。甘い快感に全身がびくびくとけいれんし、それが苦しい。

「や、もう、やだ、あ、あっ」

「気持ちいいか、比呂」

「ん、ん、あっ、ん！」

舌で乳首をおしつぶし、ねぶりながら、狗神は比呂の性器を絞りあげる。中を擦られて、比呂はもう今にも昇り詰めそうだった。後孔の奥がうずき、ここに大きな、もっと硬いものがほしいと――思った。

「……い、狗神」

比呂は喘ぎながら、「い、入れて」と囁《ささや》いていた。言う声が、自分でも情欲に濡れているのが分かった。狗神の金色の眼が、一瞬、揺らめく。

「……許してくれ」

不意に比呂の後孔から、そぼ濡れた尾が抜き出された。

「あ……！」

足をあげられ、蕩けた後ろに、狗神の硬い性器がぐっと突き込まれる。

「あっ、あ、あ……んっ」

入れられただけで甘い快感が走り、比呂は腰を大きく跳ねさせていた。尻が揺れ、ひくひくと背が震える。ぐちゅぐちゅに腰を振られ、貫かれ、突き上げられながら、きゅうっと後孔を締めると、狗神が硬《かた》い杭《くい》で、比呂のいいところを擦りあげてくれた。

「あ、ん、ひゃ、あっ、狗神……っ」

気持ちいい、と比呂は揺すられながら喘いだ。

体と一緒に、心までが蕩けていく。数度突かれただけでまたふくれあがった性器の先端に、じりじりとした切ない射精感が高まり、「比呂」と、狗神が名前を呼んでくれた瞬間、それは弾けていた。

「あっ、あー……っ」

続いて、比呂の中にも、狗神の精が放たれる。熱い迸りを奥の奥まで呑み込んだ瞬間、比呂の腹には熱いものが走った。下腹部の、ヘソの横。そこに、青い葉の、狗神の伴侶の印が、くっきりと——戻っていた。

「これでお前は、もう、人間の世界には、戻れない……」

　夜更けの闇の中、青い池面には月影が映っている。二人で同じ布団にくるまり、月明かりに照らされて情事のあとの気だるさに身を任せていたら、狗神がそんなことを呟く。

　比呂はもういいかげん、あまりに狗神がしつこいので、けれどそのしつこささえ可愛くて、笑い出してしまった。

「ちょっと出かけることとかは、できるんだろ？」

「それは、私が一緒ならいい。遠出もさせてやれる。だが、人間社会での生活はできないし、これまで親しかった相手とも、会えなくなる。会ってもいいが……私のことは話せないだろうし、お前だけ年をとらぬのだ。やがて会えなくなるだろう。神域は侵されたし、私は生きてはいけるが、普段は、屋敷で暮らしていくだけになるだろうし――」

　次々と心配事を言う狗神を安心させるように、比呂はニッコリした。

「なにも問題ないよ。べつにこの家から外へ出られなくても、俺はお前がいたらいい。それにさ……神社が整備されて、観光地になるだろ？　お前に縁結びをお願いしにくる子たちが増えるから、お前は忙しくなると思うよ。ちょっとくらい、御利益あげられるだろ？」

「……一時的に、幸せな気持ちにするくらいなら」

「ほら。だったら、きっと参拝客が増えちゃって、お前のことを思う人も増えて、いつかお前の力は昔くらい強く戻るよ。そうしたら、手放した神狼たちも、呼び戻せる。まだ生きてたり、子孫を残してるやつらもいるはずだろ。五十年前みたいに、家族が増やせるかもしれない」

楽しそうに話す比呂を見て、狗神は、眼をしばたたいている。

「……私たちを、家族だと思うのか？」

「俺はそう思ってるけど。茜も藤も。お前も。俺にとってはもう、幸せにしたいし、幸せにしてもらいたい相手だよ。家族がいるなら……他は、それほど、大したことじゃないよ」

狗神は呆気にとられているようだった。「お前は前向きなのだな……」と気弱そうに言う。けれど淡い月光と一緒に、季節外れな桜の花びらが、部屋の中に舞い込んでくる。ふと顔をあげると、空には満天の星。いくつもの流星が、きらきらと筋を描いて流れていき、そのあまりの美しさに、比呂は言葉を忘れた。これが狗神の心の中なのだと思うと、胸が熱くなり、嬉しくもなった。気弱なことを言いながらも、狗神は満たされているらしい。

比呂の脳裏には、十一年前のことが浮かんでくる。

初めて狗神に出会った時、その恐ろしさに怯えながらも、あまりの美しさに心惹《ひ》かれた——。

狗神が比呂の肩を抱き寄せて、キスをしてくれる。眼を閉じながら、比呂はいつか、と思った。いつか手紙を書いてみよう。

宛先は尾瀬がいい。書き出しは決まっている。

――お元気ですか。俺は元気です。幸せに暮らしているので、心配しないでください。

差出人の住所欄には、こう書こう。

楠月白の狗の神、大楠様の元より。

――狗神様の、愛する里人様へ。

あとがき

初めましての方は初めまして。お久しぶりの方はお久しぶりです、樋口美沙緒《ひぐちみさお》です。

今回の文庫は、和物ファンタジーです。文庫で書くのは初めてのジャンルなので、緊張しました。でも無事あがって、こうして本にできて、本当によかったです……！

比呂はお袋キャラというか、考え方がシンプルな子なので、気持ちよーく書きました。比呂のおばあちゃんの「ダメだったら、また頑張ればいいだけ」という言葉は、十年以上前、実際私に、祖母と祖父が言ってくれたことで、今も行き詰まると、思い出しています。長く生きてきた人の言葉って、ハッと身にしみますよね。比呂もそんな感じかなあと思って、書きました。

狗神様は、最初は神様ってどういう感じなの？　と手探りでしたが、終わってみると、結構人間くさい人でした。狗神様にはもふもふの尻尾が九つもついてるので、比呂は尻尾の中でお昼寝とかできるんだろうなあ。ちょっと羨《うらや》ましい。

藤も茜も、八咫も鈴弥も、楽しく書きました。

狗神様のお屋敷は、やがて眷属《けんぞく》が戻ってきて、小さい子たちも増えるかな～と思います。そうなったら、茜はお兄ちゃんになりますね。比呂にあんまり甘えられなくなって、二人きりになった時だけ、すごく甘えてきたり。子どもたちに比呂をとられて、狗神が妬《や》いたり、藤は、レジャー施設ができたら結構利用しそうだな、ポイントカードなんか作っちゃって……とか、いろいろ考えると、あの人たちみんな、きっと鈴弥も幸せになると思います。

これを書いている間、本物のブナ林に行こうと計画をたて、ウェアなどもそろえたのですが、原稿が遅れに遅れ……結局行けてないので、そのうち行きたいです。去年より行動的な自分、二〇一二年の目標ですねえ……。その前に原稿を遅らせない。これ、重要。

そんな遅れた原稿を待ってくださった担当様。突然、「逃亡します」とか言い出した私を、いつもと変わらないテンションで見守っていただけて、本当にホッとしました。なんとか本にできたのも、信じて待っていただけたからです。ありがとうございます。心から感謝です。いつもご迷惑おかけしてます。

そしてイラストを描いてくださった高星《たかぼし》先生！　デビューしたての、初めてのＣｈａｒａさんでの雑誌掲載で、高星先生に担当していただき、いつか文庫でご一緒できたら……と夢に見ていたので、嬉しくてたまりません！　ラフを見ただけでも、かっこいい狗神様、きれいな藤、可愛い茜、男の子な比呂に、色っぽい鈴弥に抱かれたくなる八咫の神と、できあがりがとっても楽しみです。本当にありがとうございます。

また、この本を手にしてくださった読者の皆様。ありがとうございます。よかったら感想などお聞かせくださると嬉しいです！　支えてくれた家族、お友達にも、心からありがとう。

ではまた、お会いできることを願って。

冬の日に　樋口美沙緒

この本を読んでのご意見、ご感想を編集部までお寄せください。

《あて先》〒105−8055　東京都港区芝大門2−2−1　徳間書店　キャラ編集部気付

「狗神の花嫁」係

■初出一覧
狗神の花嫁……書き下ろし

Chara
狗神の花嫁
【キャラ文庫】

2012年1月31日　初刷
2013年6月20日　5刷
著者　樋口美沙緒
発行者　川田 修
発行所　株式会社徳間書店
〒105-8055　東京都港区芝大門2-2-1
電話048-451-5960(販売部)
03-5403-4348(編集部)
振替00140-0-44392
印刷・製本　図書印刷株式会社
カバー・口絵　近代美術株式会社
デザイン　百足屋ユウコ

ISBN978-4-19-900652-4